휴양림 49일

조정희 장편소설

휴양림 49일

초판 1쇄 인쇄일　2024년 5월 10일
초판 1쇄 발행일　2024년 5월 17일

지 은 이　조정희
펴 낸 이　최길주

펴 낸 곳　도서출판 BG북갤러리
등록일자　2003년 11월 5일(제318-2003-000130호)
주소　서울시 영등포구 국회대로72길 6, 405호(여의도동, 아크로폴리스)
전화　02)761-7005(代)
팩스　02)761-7995
홈페이지　http://www.bookgallery.co.kr
E-mail　cgjpower@hanmail.net

ISBN 978-89-6495-294-8　03810

조정희 장편소설

휴양림
49일

북갤러리

프롤로그

남자는 봉안당에 한참 서 있었다.

두 개의 유골함이 나란히 놓인 단 앞이었다.

등에는 제법 커다란 배낭을 메고 손엔 종량제 쓰레기 봉지 한 장을 들었다. 봉안당에 온 사람의 행색으론 어울리지 않는다. 더구나 종량제 봉지라니. 꽃도 아니고. 그러나 하염없이 서 있는 태도 때문인지 추모의 분위기에 방해가 되진 않는다. 눈물도, 표정도, 어떤 동작도 없이 고요하다. 이윽고 남자가 걸음을 옮긴다. 밖은 봄이 한창이다. 봉안당 건물에서 나온 남자의 걸음은 한낮의 고양이처럼 느리다. 다른 바쁜 일은 없는 모양이다. 터질 듯 부푼 벚꽃 봉오리를 보며 서 있기도 하고 길 중간에서 하늘을 바라보며 또 한참을 서 있다. 목적지가 없는 것인가. 건넜던 길을 다시 돌아와 건너고 지났던 벚나무 아래를 또 지난다. 그래도 머물러 있진 않고 걸어가는 남자의 옷은 그믐밤처럼 어둡다. 검은 티셔츠에 검은 바지를 입었다. 봄빛이 너무 화사해 검은색이 빛 속에 흩어질 듯 아른거린다. 그래서 언뜻 남자가 사라진 것 같은 착각을 일으킨다. 역시 착각이었나. 갑자기 방향을 틀어 한 곳을 향해 나아가는 남자의 형체가 뚜렷해진다. 사이좋게 자란 두 그루 느티나무 가운데 벤치가 있다. 한낮의 태양 빛이 잔뜩 내려앉은 벤치. 남자의 발걸음이 향하고 있는 곳이다. 벤치에 앉은 남자는 무거운 짐을 벗어버리듯 배낭을 내려 옆에 놓는다. 그리고 하늘을 보며 앉아 있다. 대낮 햇살에 눈이 부실 법도 하지만 표정에 변화가 없다. 아니, 빛을 전혀 느끼지 못하는 얼굴이다. 그래서 어떻게 보면 아주 편안해 보이기도 한다. 그림처럼 앉아 있던 남자가 한참 만에 종량제 봉지를 열고 옆에 놓인 배낭을 통째로 집어넣는다. 그리고 봉지를 묶는다. 버릴 짐을 지고 다녔는가. 배낭이 몽땅 쓰레기였단 말인가. 남자가 봉지를 들고 일어난다. 걸음이 좀 빨라졌다. 목적지가 생겼는가. 그렇긴 하다. 건물 옆 쓰레기 집하장으로 곧장 걸어간다. 집하장에 봉지를 두고 돌아서는 모습이 어쩐지 홀가분해 보인다.

남자는 이제 빈몸에 빈손이다.

추모 공원을 벗어난 남자가 봄 길을 걸어간다.

길을 걸어가는 남자의 옷은 그믐밤처럼 어둡다. 검은 티셔츠에 검은 바지를 입었다. 이제 배낭도, 손에 든 것도 없는, 남자는 검은 점이 되어 도로를 떠다닌다. 봄빛이 너무 화사해 검은색이 빛 속에 흩어질 듯 아른거린다. 그래서 남자가 사라진 것 같은 착각을 일으킨다. 아니 착각이 아니다. 직선으로 뻗은 길엔 아무도 없다. 남자가 정말 사라졌다. 도로엔 그저 햇살만 가득하다.

그날은 4월이 시작되는 첫날이었다.

차례

내가 죽은 날

29세, 남자, 미혼.

이 정도면 세상이 궁금해하는 신원을 밝힌 셈인가. 직업이 무엇인지, 최종 학력은 어떻게 되는지, 부모는 무얼 하는 사람들인지, 형제자매가 있는지, 이러한 것도 신원에 포함되겠지만, 궁금해할 사람이 이 땅에 남아 있지 않을 것 같아 늘어놓진 않겠다. 아, 맞다. 가장 중요한 신원이 빠졌다. 성명을 밝히지 않았다. 하지만 이미 세상에 없는 사람의 이름이 무슨 소용이 있을지. 그래도 부모가 지어준 이름이니 마지막으로 밖으로 내어 불러본다. 내 이름은 최지왕. 학교 다닐 땐 왕이라 불렸다. 물론 말처럼 거창한 뜻을 담아 부른 건 아니다. 나는 평범했고 그러니 더구나 '왕'과는 거리가 멀었다. 그런 별명이 지어진 이유는 아주 단순하다. 이름 끝 글자가 '왕'과 발음이 같다는 것. 별명에 거부감은 없었다. 나쁘진 않았으니까.

이제 나는 스스로 그 별명을 쓰기로 한다. 나는 '왕'이다. 스스로 선택한 만큼 의미도 내가 부여했다. '나를 지탱하고 움직이고 사용하는 자'란 의미다. 사실은, '자신의 몸을 자신의 의지대로 쓰지 못하고 죽은 자'의 한풀이용 이름이란 걸 고백하고 있는 중이다.

이제부터 왕의 이야기를 시작할 참이다. 궁금해할 사람들을 위해서가 아니라 왕으로서, 왕인 나의 이야기를 하려는 것이다.

왕은 방금 죽었다.

고요한 죽음이었다.

여기는 숲속 오두막이고 이제 막 4월이 시작된 날이다.

먼동이 트는 새벽. 숲의 향기가 기지개를 켜는 시간이었다. 들이마신 향기가 마지막 호흡이 되었다. 호흡이 멈춘 순간은 황홀 그 자체였다. 마치 부드러운 흙 속으로 물이 스며들 듯, 긴장 풀린 몸이 땅과 하나가 되었다.

이런 세상이 존재한다니.

잘 돌아왔다.

그런 기분으로 죽음을 맞이했다.

그리고 갑자기 귀가 열렸다.

문틈으로 소리가 밀려 들어온다. 숲이 깨어나고 있다. 아니, 숲이 말을 하고 있다. 나무와 풀과 새와 벌레가 떠들고 있다. 광장에 모인 사람들처럼. 무슨 일인가. 그럴 리가 없지 않은가. 왕은 얼떨결에 숨을 들이마신다. 하지만 공기가 들어오지 않는다. 대신에 몸이 벌떡 일어나 앉는다. 숨을 쉬려는 의도를 일으켰을 뿐인데 몸이 움직인 것이다.

침대에 걸터앉은 왕.

놀란 왕이 눈앞으로 손을 들어 올린다. 손이 눈앞에 있다. 그 손으로 얼굴을 만진다. 얼굴이 만져진다. 두 손으로 몸을 더듬는다. 몸이 거기에 있다. 만져지는 몸이. 그런데 느낌이 다르다. 아니, 느끼지 못하는가. 감각할 수 없는 몸이 만져지다니. 꿈인가? 죽어서도 꿈을 꾸는가? 혼란스럽다. 밖에서 들어오는 소리는 갈수록 분명해진다. 새와 나무와 벌레가 내는 소리의 의미가 들린다.

밖으로 나가 보자.

다음 순간, 왕이 오두막 밖 의자에 앉아 있다.

생각만 했을 뿐인데. 그는 그런 생각을 하면서 놀라지 않는다. 그새 놀랍지 않게 된 것이 신기할 법도 하지만 그 또한 지나간다.

[안녕]

나무들이 가지를 흔들며 인사한다. 반짝이는 새잎을 달고 있는 나뭇가지가 아래위로 흔들린다.

나무는 언제나 저렇게 인사를 했구나.

— 안녕.

왕도 소리 내어 인사한다. 자신의 목소리도 귀에 들린다.

햇살이 퍼지고 있다.

4월의 따사로운 햇살이 오두막으로, 왕이 앉아 있는 곳으로 쏟아진다.

하지만 감각이 없다. 햇살이 온몸에 내려앉지만 느끼지 못한다. 자신은 죽었고 호흡도 감각도 없다. 그런데 움직임만은 죽지 않았다. 죽지 않은 정도가 아니라 더욱 예민해졌다. 한없이 가볍고 어떤 순간엔 몹시 빠르다. 생각과 동시에 동작이 이루어지기도 한다. 왕은 달라진 몸에 적응하고 있다. 죽던 순간의 황홀함을 잊을 수 없지만 이런 상태가 괴롭지는 않다. 숲이 떠드는 소리가 평화롭고, 몸이 없는 것 같은 가벼움도 은근히 즐겁다.

그런데 도대체 어떤 상태인 걸까.

왜 이런 일이 일어난 걸까.

다른 사람의 눈에도 내가 존재하는 걸까.

이런 생각은 한참 후에나 하게 된다.

***

누군가 오고 있다.

새들의 지저귐으로 알았다.

오가는 사람이 없는 숲길은 금방 풀로 뒤덮인다. 그리고 그 길은 오직 왕의 길이었다. 다른 사람이 나타난 적은 없었다. 그런데 풀이 빽빽한 길이 흔들린다. 풀을 헤치며 나타난 남자.

남자가 왕을 마주하고 섰다.

왕은 놀라지 않는다. 뛰지 않는 심장이 놀랄 수는 없다. 그리고 남자의 정체를 알아챘다. 남자의 이름은 A다. A도 왕을 알고 있다. 왕과 달리 A는 왕을 알아본 순간 몹시 놀란다. 놀라지 않는 왕도 심경에 변화는 있다. 온몸이 심장이 되어 고동치는 듯한 느낌에 휩싸인다. 그것이 분노라는 것을 알았다. A에 대한 왕의 분노. A가 오두막을 찾은 이유를 알아챘고 분노의 불꽃이 타올랐다. 그리고 깨달았다. 자신이 해야 할 일이 있다는 걸. 그 일이 자신 안의 분노에서 비롯된 것인지, 사명감 같은 것인지는 모르겠지만, 어떤 활력을 느낀다.

'해야만 하는 일이 있다.'

그걸 깨달은 순간 기쁨이 차올랐다.

복수라는 말은 맞지 않다. 부모를 죽게 한 원수라면 원수를 죽여버리는 것이 복수다. 그러나 한 목숨이 사라지는 것에 의미를 두고 싶지 않다. 목숨 하나로 죄를 대신하게 하고 싶지도 않고, 그 목숨에 그런 의미를 부여하고 싶지도 않다.

감정이 차오르지만, 왕의 얼굴에서 감정을 읽을 수는 없다. A는 몹시 당황한다. 그저 바라보기만 하는 왕의 무심함이 섬뜩하다. 뻔뻔하리만치 당당했던 A는 어디 갔는가. 달라진 태도로 자

16

신의 죄를 시인하게 된 셈인가. 물론 A가 자신의 죄를 모르진 않았다. 법을 교묘히 이용하여 법적 책임을 피해 가는 죄를 지었을 뿐이다. 그것이 A가 살아온 방식이며 심지어 자부심이었다. 왕은 A의 자부심이란 불꽃에 부채질을 한 번 보태준 것에 지나지 않았다. 왕의 부모가 그랬던 것처럼. 부모의 죽음 앞에 몸부림쳤던 왕도 부모처럼 되고 말았다. 자신을 책망하며 자신을 벌주는 방식을 택한 셈이다.

그랬다. 그런데 그 결과물이 좀 이상하다.

왕은 지금, 낯선 모습으로, 낯선 상황에 처해 있다. 그러나 방금 알아챈 분명한 사실도 있다. 다른 사람의 눈에도 존재하는 몸이라는 것. 아직 이승에서 통하는 몸을 가졌다는 것. 신세계가 열린 것인가. 왕을 바라보는 A의 심장 박동이 빨라지는 게 보인다.

왕은 차갑게 가라앉는 마음으로 A를 보고 있다.

잠깐이지만 긴 꿈을 꾼 듯한 만남.

왕과 마주하고 섰던 A가 도망치듯 숲길을 빠져나간다.

그 모습을 왕은 그저 보고만 있다.

입가에 미소가 번진 것도 같다.

A가 떠난 뒤, 왕은 배낭에 자신과 부모의 흔적을 모두 담았다. 아니 흔적이 될 만한 것이라고 해야 하나. 이제 이 세상에선 필요가 없는 것들이었다. 참으로 귀했던 것들이 귀함을 잃게 되는 건 한순간이었다. 보물과 쓰레기는 한생각이 만들어낸 착각인지도 모른다.

배낭을 멘 왕이 오두막을 나선다.

*＊＊

그 몰골을 하고 거기에 있을 줄은 꿈에도 몰랐다.

말이 펜션이지 물도 전기도 들어오지 않는 곳이다. 더구나 도로도 없어 오두막을 하나 짓는 데도 꽤 돈이 들어갔다. 물론 투자한 만큼 빼먹었고 그런 결정은 신의 한 수였다고 지금도 생각한다. 애당초 집을 지을 수 없는 맹지에 오두막을 짓기로 결심한데는 그만한 자신감이 있었기 때문이다. 상대가 아주 말랑하기도 했지만 이미 깊이 발을 들이민 상태라 빠져나가기 힘들다는 것도 알았다. 큰돈을 따려면 판돈도 그만큼 커야 하는 법이다. 그래서 돈을 들여 소형 트럭이 겨우 드나들 수 있는 길을 내고 외관만 번

듯한 오두막을 지었다. 미끼 상품이 완성된 셈이다. 그걸 본 투자자는 완벽하게 걸려들었다.

펜션 건이 마무리된 뒤 발을 끊은 산길은 입구도 찾기 힘들었다.

허가도 받지 않은 길이니 사라져야 하지만 또 살려야 하는 길이기도 했다. 곧 다시 쓸모를 찾을 수 있을 것 같았다. 대상이 나타났기 때문이다. 이번엔 더 편하게 해먹을 수 있었다. 오두막이 이미 있고 한 번 불도저가 지나간 길이라 길을 트기도 쉬울 터였다.

사전 조사도 할 겸 1년 만에 다시 찾은 오두막.

그런데 사람이 있었다.

기겁하는 줄 알았다.

예상치 못한 상황이기도 했지만 낯익은 놈이라 더 놀랐다. 죽은 부부의 아들이 거기 있다니. 부모 일로 몇 번 찾아와 귀찮게 했던 놈이라 얼굴을 익히 알고도 남았지만, A는 한 번 본 인물도 잘 기억하는 사람이었다. 하여튼 아들이 분명했다. 아들도 부모만큼 말랑해서 처리는 쉬웠다. 그랬던 놈의 눈빛이 달라져 있었다. 섬뜩하기까지 했다. 얼어붙은 듯 서 있다 뒤돌아섰다. 허둥

지둥 산길을 다 내려와서야 말 한마디 못 붙이고 돌아선 자신을 돌아보게 되었다. 사람 앞에서 그렇게 당황한 적이 있었던가. 상대가 고객은 아니었지만 어쨌든 처음 맛보는 패배였다. 말문이 막힌 건 처음이었으니까. 자존심이 상했지만 그래도 다시 돌아갈 마음은 나지 않았다.

그래봤자 놈에게 승산은 없다. 마지막에 웃는 자가 진짜 승자다.

A는 차를 몰아 돌아오면서 당분간 그곳은 그냥 두어야겠다고 생각했다. 겨울이 오기 전에 물러나겠지. 물도 전기도 없는 곳에서 겨울을 날 수는 없을 거니까. 그래도 아까운 생각이 들어 화가 났다. 알맞은 대상이 나타난 참이었다.

사무실로 가려다 집으로 향했다. 사무실에 앉아 다른 일을 살펴볼 기분이 아니었다. 상한 자존심을 한껏 올려줄 상대가 필요하기도 했다. 아내 시중을 받으며 기분 풀이를 할 심산이었다. 집에 도착해 차에서 내리는데 갑자기 불길한 상상이 머리를 스쳤다. 상상만으로도 화가 머리끝까지 올랐다. 현실이 될 가능성이 충분한 상상이란 걸 알고 있었는지도 모르겠다. 자기도 모르게 자동차 문을 쾅, 소리 나게 닫았다. 마누라보다 더

아끼는 차를 거칠게 다루고 말았다는 것도 느끼지 못했다. 그
리고 문짝이 부서지듯 거리를 울린 큰 소리도 A가 내뱉는 말을
덮지 못했다.

　- 아니, 그 새끼 또 거기서 죽어버리면 안 되는데.

1. 하늘 아래 숨을 곳은 없다

해야 할 일을 분명히 알게 되었다.

아니, 모든 관심과 분노가 한 방향으로만 움직이는 자가 되었다. 그렇게 다시 태어났다는 걸 느낀다. 생각대로 움직이는 자, 현재에 집중하는 자, 이것이 왕의 정체성이다. A가 다녀간 뒤로 확실히 알게 되었다. 왕의 존재 이유를.

그래서 왕은 지금 여기에 있다.

친구를 죽게 만들어 놓고도 웃으며 게임을 하는 녀석들이 모여 있는 집이다.

방문 밖에서 노크를 한다.

담장도 현관도 그대로 통과했지만, 이제부터는 아니다. 산 사람 흉내를 낸다. 이들에게 생생한 사실감을 주어야 한다. 친구가 느꼈을 공포와 모멸감과 아픔을 제대로 알게 하고 싶다. 그리고 남은 생을 제대로 살았으면 좋겠지만 그것까진 아직 모르겠다. 하지만 적어도 다른 삶을 유린하지 않게 하는 유일한 방법이라 여긴다. 물론 자식 교육은 부모가 해야 하는 일이다. 하지만 이들 부모는 이미 틀렸다. 제대로 가르칠 책무를 맡길 수 없는 자들이다. 미성년 자식보다 더 한심한 자들이지만 직접 단죄할 마음은 없다. 그건 너무 가볍다. 자식의 고통이 그들을 더 힘들게 할 것이라는 걸 안다. 불타는 집안에서 보석을 챙기느라 혼이 빠진 어리석은 자들이지만, 그들도 부모니까.

노크 소리에 셋은 멈칫한다.

원활한 서술을 위해 녀석들의 별명이라도 소개해야겠다.

라이온, 치타, 백호.

라이온이 이 집의 아들이며 주동자 격이다. 치타와 백호는 라이온의 수족 노릇을 하며 지시에 따르는 편이다. 어쩌다 보니 모두 동물 이름이다. 라이온이 먼저 자기 별명을 스스로 그렇게 지었다. 별명만 보아도 대충 어떤 성향인지 짐작이 간다. 어디서든 왕 노릇을 하고 싶은 모양이다. 동물의 왕이라도. 치타와 백호는 라이온을 따라 했다. 큰 고민 없이 각자 좋아하는 동물을 골랐고 서로 별명을 불렀다. 그리고 별명으로 연대감을 느끼며 늘 뭉쳐 다녔다.

셋은 대한민국 상류층 자식들이다. 상류란 말이 사실 참 불편하다. 오직 재산으로 평가되는 상류층이란 말이 마음에 들지 않지만, 현재 인류의 가치관 추세가 그렇다. 고매한 인격과 높은 도덕심, 봉사 행위를 기준으로 상류, 하류를 논하는 세상이 왔으면 좋겠다. 왕은 그런 세상이 오길 기대한다. 그리고 좀 더 나은 세상을 위해 지금 힘을 보태고 있는 중이다.

라이온의 부모는 의사다. 아버지는 개인 병원을 운영하고, 어머니는 종합병원 의사다. 부모가 바빠서 어릴 땐 양육자가 자주 바뀌었다. 유치원 다닐 때까지 라이온을 돌보던 아주머니가 바뀌었을 때 세상이 무너진 것처럼 울었던 기억이 있다. 그다음부턴 거의 매년 바뀌어서 정을 붙이지 않았다. 지금은 상주하는 아주머니는 없고 출퇴근하는 가사 도우미가 매일 온다. 그리고 매주 두 시간씩 영어, 수학, 국어 과외를 하러 오는 선생이 있다. 어쩌면 라이온은 부모보다 가사 도우미나 선생과 더 많은 시간을 보내는지도 모르겠다. 도우미 아주머니는 나긋해서 부모보다 편한 점이 많고, 과외 선생들은 친절해서 공부하기 지루한 것 외엔 그다지 나쁘진 않다.

치타의 부모는 건물주다. 도심에 5층짜리 빌딩을 갖고 있다. 1층 카페는 직접 운영하고 다른 층은 세를 주고 있다. 그리고 거주하는 아파트 외에 월세 받는 아파트가 두 채 더 있다. 카페는 지배인 형이 거의 맡아 운영하고, 아버지는 주로 저녁에 잠시 들린다. 물론 아버진 그렇게 말하지 않는다. 잠시도 자리를 비우면 제대로 돌아가지 않는다며 불평하신다. 그럴 때마다 어머닌 이렇게 말한다. 내가 갈 때마다 당신 본 적이 없어. 그런 어머니도 카페엔 친구들과 차 마실 때만 가신다. 아버지가 카페를 늘 비우듯 어머니도 집을 비우긴 마찬가지다. 날마다 무얼 하며 밖에서 시간을 보내는지 정확히는 모르지만 이제 치타도 짐작할 수는 있는 나이다. 적어도 일하러 다니느라 바쁜 건 아니다. 아버지가 제일 좋아하는 일은 골프, 어머니가 제일 좋아하는 일은 쇼핑, 그건 정확하다. 나머지 시간은 어떻게 보내는지 아직은 글쎄다. 그래도 치타가 학원을 빼먹으면 귀신같이 안다. 치타보다 학교 선생이나 학원 선생과 더 긴밀하게 연락하는 것 같다. 엄마는 연락이 아니라 관리한다고 말한다. 그것도 이상하긴 마찬가지다. 왜 아들보다 선생을 더 관리하는지 모를 일이다.

백호의 어머니는 대학교 교수이다. 아버지는 영어 학원을 운영하는데 4층 건물을 통째로 쓰는 규모다. 자리가 없어 못 들어갈 정도로 잘 된다. 그건 아버지가 아니라 친구들 입을 통해 알고 있다. 대기자가 많아서 학원에서 치르는 시험을 통과해야 들어갈 수 있다고. 그런 아버지는 백호가 초등학교 2학년 때 이혼해서 따로 산다. 그때는 이유를 몰랐지만, 지금은 안다. 아버지는 여자가 늘 있다. 그리고 자주 바뀐다. 초등학교 때까지는 2주마다 백호를 보러 왔고 볼 때마다 용돈을 넉넉하게 주었다. 중학교 들어가면서 정기적으로 만나진 않지만, 용돈만큼은 정기적으로 보낸다. 그래도 아버지가 운영하는 영어 학원엔 다니지 않는다. 어머니도 아버지도 그건 당연하게 생각하는 것 같다. 그래서 영어만 집에서 과외를 받는다. 사실 백호도 이제는 따로 사는 아버지를 보는 것이 마냥 즐겁지만은 않다. 초등학교 때는 왜 그렇게 애를 태우며 아버지 만나는 날을 기다렸는지 이상할 지경이다.

게임에 열중하던 셋은 손을 멈춘 채 서로를 바라본다.

– 어, 늦는다고 했는데.

라이온이 스마트폰 시간을 확인하며 게임 화면을 끈다.

라이온의 부모는 오늘 모임이 있다. 클래식 음악 동호회다. 간단한 해설과 함께 음악을 듣고 포도주를 곁들인 저녁을 먹는다. 동호회를 이끄는 주인은 성악을 전공한 이탈리아 유학생이었다. 유학 시절 이탈리아 요리와 포도주에 매료되어 성악과 다른 길을 걷게 된다. 귀국해선 이탈리안 레스토랑을 경영하기도 했지만 실패하고 다시 찾은 일이 바로 동호회 운영이었다. 음악을 듣고, 요리하는 것도 직접 보고 배우며, 그 요리를 만찬으로 즐기는 모임은 인기가 있어, 여러 방을 운영하게 되었다. 현재 모든 방에 인원이 꽉 차 있다. 한 방이 6명을 넘기지 않기 때문에 들어오고 싶어도 못 오는 사람이 있다. 누군가 빠져야 그 자리에 들어올 수 있다는 소문이 났는지, 시작한 회원은 잘 빠져나가지 않는다. 나가면 다시 들어오기 힘들기 때문이다. 방을 늘리면 되겠지만 주인은 그럴 마음이 없다. 그렇게 하기 힘들어서가 아니라 일종의 경영 수법이다. 자릿값을 귀하게 유지하는 방법인 것이다. 클래식 음악과 서양 문물을 고상한 문화라 여기는 사람들의 심리를 이용한 전략이기도 하다. 그리고 회원들은 정해진 날에만 방문하니 다른 회원을 볼 기회도, 마주칠 일도 없다. 온전히 그날은 그들만의 것이고 특별히 대접받는다는 기분을 만끽할 수 있다. 주인은 이런 심리를 잘 이용하는 수완 좋은 장사꾼인지도 모르겠다.

이 모임이 있는 날은 보통 11시가 되어야 귀가한다.

셋은 피자와 치킨을 배달시켜 먹고 이제 막 게임을 시작한 참이다. 시간도 겨우 8시. 그럴 리가 없는데. 달리 올 사람도 없다. 더구나 집안까지 아무런 제약도 받지 않고 들어올 수 있는 사람이. 그러니까 부모가 벌써 귀가한 것인데, 그렇다면 이런 날벼락이 없다.

라이온이 의자에서 일어나는 동시에 방문이 벌컥 열린다.

아래위로 검은 옷을 입은 남자가 문 앞에 서 있다. 어? 부모가 아니다. 그런데 누구? 어떻게 들어왔지? 두서없는 생각이 스친다. 동시에 라이온은 책상 옆에 세워 놓은 야구 방망이를 잡는다. 강도나 도둑이 아니라면 밤에 남의 집에 허락도 없이 들어올리가 없다. 라이온의 판단이다.

― 누구야!

라이온이 야구 방망이를 쳐들며 소리친다. 역시 주동자답다. 용기가 가상하다. 반면에 치타는 의자에서 엉덩이를 반쯤 든 상태로, 백호는 앉은 채로 굳었다.

　왕이 방안으로 한 걸음 들어선다.

　방망이를 들고 있던 라이온의 오른팔이 왕의 손에 비틀린다. 눈 깜짝할 새 일어난 일이다. 왕이 움직이나 싶은 순간, 라이온이 비명을 질렀고 방망이가 바닥으로 떨어졌다. 치타의 엉덩이는 도로 의자로 내려가고, 백호는 그 자세 그대로 완전히 얼었다. 라이온은 비틀리는 팔을 따라 방바닥에 꿇어앉는 자세가 된다. 왕이 라이온의 팔에서 손을 뗀다. 비틀렸던 팔을 왼손으로 주무르던 라이온이 갑자기 쓰러져 뒹군다. 아니, 바닥에 뒹굴기 전에 동작이 하나 더 있었다. 너무 순식간이라 보고도 인식하지 못한 것뿐이다. 팔을 주무르는 척하던 라이온이 벌떡 일어나며 공격을 시도했고, 사실은 시도하려던 찰라 왕의 발이 먼저 라이온의 엉덩이에 꽂혔고, 라이온은 허리도 펴보지 못한 채 바닥에 뒹굴게 되었던 것이다. 라이온은 웅크린 자세로 한참 동안 꼼짝하지 못했다. 엉덩이가 부서진 것처럼 아팠고 통증이 전신으로 퍼져나갔다. 아무 생각도, 아무런 반응도 할 수 없을 정도로 충격이 컸다.

발이 아니라 쇠망치가 내려친 것 같았다.

─ 도대체 왜 이러세요?

한참 만에 라이온이 내뱉은 말이다. 그래도 일어날 생각은 못한다. 움직이다 또 채일까 두려워졌다. 왕은 대꾸 없이 팔짱을 낀 채 치타와 백호를 본다. 둘은 라이온이 아파하는 것만 보고도 겁에 질려 꼼짝하지 못한다. 그런데 왕이 쓰러진 라이온을 두고 자신들을 보자 오줌을 쌀 지경이다.

검은 셔츠와 검은 바지를 입은 호리호리한 남자. 마른 몸 어디에서 그런 괴력이 나오는 걸까. 무술 유단자라도 되는 걸까. 그리고 인식하지도 못할 만큼 빠른 움직임이라니.

─ 엄마, 아빠 곧 돌아오실 거예요. 남의 집에 허락도 없이……. 주거 침입……. 불법인데요.

여전히 바닥에 웅크린 채로 라이온이 제법 큰소리를 낸다. 아까보다 목에 힘이 들어가 있다. 아픔이 사라지자 패기가 돌아온 모양이다. 더듬거리면서도 목청을 높인다.

─ 불법이지.

이번엔 왕이 대답한다. 예사소리로 대답했을 뿐인데 셋은 움찔한다. 어떤 감정도 담겨 있지 않은 왕의 목소리. 마음을 떠난 소리다. 팔을 비틀고 엉덩이를 가격했던 남자의 행동과 어울리지 않는다. 그래서, 소리를 지르지도, 분노를 담지도 않은 목소리에 압도당했는지도 모르겠다.

– 신고할 거예요.

기어들어 가는 듯한 라이온의 대꾸.

– 나도 신고받고 왔다. 죽은 너희들 친구가 보낸 거야.

– 안 죽었어요. 자기가 뛰어내렸지 우린 손끝 하나 안 건드렸어요.

라이온의 목소리가 커진다.

– 누구 말이냐?

왕이 라이온을 내려다본다. 라이온은 눈길을 피한다. 왕이 치타를 본다. 그리고 다음엔 백호를.

– 가젤!

치타와 백호가 입을 맞춘 듯 동시에 외친다. 가젤은 죽은 친구의 별명이다. 아니 놈들이 멋대로 지어 부르던 별명이다. 그리고 이어진 치타의 대꾸.

– 죽이진 않았어요.

다음엔 백호.

– 정말이에요.

– 그랬겠지. 죽이진 않았겠지. 목 졸라 기절시킨 적은 있어도.

– 그건 장난으로…….

라이온이 고개를 빳빳이 들고 항변한다. 아니 항변을 마치지
못한다. 라이온은 목이 잡혀 벽에 붙어 서 있다. 몸을 구부리는
과정도 팔을 뻗는 과정도 없었다. 그야말로 눈 깜빡할 사이에 왕
은 라이온의 목을 잡아 일으켜 벽에 붙여 세웠다. 라이온의 얼굴
이 순식간에 붉어진다. 두 손으로 왕의 손을 잡아떼어보려 하지
만 팔은 꿈쩍하지 않는다. 사람의 팔이 아니라 기계에 잡힌 느낌
이다. 속수무책 숨이 조여오고 기절 직전에 손이 풀린다. 라이온
이 숨을 몰아쉬며 컥컥거린다.

– 이런 장난 말이냐?

라이온은 대답하지 못한다. 아직 말을 할 수 있는 상태가 아니
다. 숨이 제대로 돌아오지 않은 탓도 있지만, 정신도 혼란스럽
다. 자신이 처해 있는 현실이 믿기지 않는다. 계속해서 신체에
가해지는 폭력이 너무나 낯설고 분하고 억울하고 두렵다. 라이온
을 지켜보고 있던 치타는 너무 놀라 말문이 막혔다. 말문은 막혔
지만, 생각은 멋대로 피어오른다. 정말 장난으로 했는데, 그 정

도는 아니었다고, 그렇게 무자비하진 않았다고, 억울하다는 생각을 한다. 하지만 생각이 끝나기도 전에 후회한다. 목이 잡혀 벽에 붙어있는 자신을 발견한 것이다. 이번에도 과정은 생략되었다. 왕이 돌아서는 것도, 다가오는 것도 보지 못했다. 어느새 왕의 손에 매달려 있는 자신을 알아챘을 뿐이다. 회오리바람처럼 이성이 몰려나간 텅 빈 머리에 공포가 가득 찬다. 공기가 들어오지 못하던 그 순간의 공포, 그건 결코 장난이 될 수 없었다. 왕의 손이 목에서 떨어지는 순간 가젤이 떠올랐다. 가젤은 이런 일을 수도 없이 당했다. 라이온이 주도하고 치타와 백호도 동참했다. 목을 잡고 숨을 몰아쉬는데 백호의 울음소리가 들렸다. 백호가 바닥에 꿇어앉아 빌고 있었다.

― 잘못했어요.

발 빠른 사죄 덕분인가. 백호는 그날 유일하게 목이 졸리는 고초를 면했다.

아직 미성년이라 철이 없었다고 두둔하는 사람이 있다면, 그래도 좋다. 그러나 두둔하는 자들한테 묻고 싶다. 당신들 미성년 자식이 친구한테 고문당하듯 맞고 살아도 그런 말을 할 수 있는

가? 그런 어진 마음으로 용서하겠다면 기꺼이 고개 숙여 받아들이겠다. 그런 분이라면 할 말이 없다. 하지만 어떤 부모가 그럴 수 있을까. 그리고 철이 없다는 말이 그런 뜻이던가. 철이 없다는 말로 넘어갈 차원의 행위인가. 친구들과 서로 치고받고 싸운 일이 아니다. 항거불능 상태로 몰아넣은 친구를 일방적으로 때리고 목숨을 위협한 행위였다.

철이 없어 부모 노고를 모른다, 철이 없어 돈 귀한 줄 모른다,

철이 없다는 말은 그런 정도 수준에 쓰는 말이 아니던가.

그들이 한 짓은, 철이 없는 게 아니라, 양심이 없는 짓이었다.

남을 괴롭히는 짓은 나쁘다는 것, 친구와 사이좋게 지내야 된다는 것, 말귀만 알아들어도 가르치고, 유치원에 가기도 전에 알고 있다. 그런데 어떻게 중학생, 고등학생이 그렇게 되었단 말인가. 몰라서 그랬을 리 없고, 그렇다면 부모 책임도 크다. 바로잡는 책임을 다하지 못한 직무유기의 죄. 하지만 친구를 죽게 한 가해자의 부모는 자식이 사람 되게 하는 일을 하지 않았다. 죄를 덮는 일에만 몰두했다. 그래서 마침내 그들의 귀한 자녀가 사람 사는 세상에 섞여 살면 안 되는, 사람을 무는 개가 되어가고 있다는 걸 몰랐다. 하지만 정말 몰랐을까. 아니면 자식을 위한답시

고 양심을 버린 걸까.

***

  짐작한 일이다.

  한 번으로 끝나길 바랐지만, 저항이 있을 거란 예상도 했다.

  그날, 라이온, 치타, 백호는 가젤을 때리고 괴롭혔던 행위를 빠짐없이 적어 자수하겠다는 약속을 했다. 왕의 요구를 받아들이지 않을 수 없는 처지였을 것이다. 태어나 처음 겪어보는 고통에 겁을 먹고 부모 도움을 받을 수 없는 상황에 당황했을 테니까. 하지만 결과는 엉뚱한 방향으로 굴러갔다.

  이번에도 부모 잘못이 컸다. 내 자식이 그럴 리가 없다는, 실상을 보고 싶지 않은 어리석음이 문제였다. 그들은 지금까지 그렇게 살아왔다. 진부한 말이지만, 잘못된 방식으로 자식을 사랑해왔다. 그런 방식에 사랑이란 거룩한 이름을 붙여도 될지 모르겠지만.

  늘 그래왔듯 부모는 다른 곳에서 잘못을 찾았다. 하긴 어떤 부모가 그냥 지나칠 수 있을까. 더구나 목이 졸렸다. 생명의 위협을 받았다는 증거가 너무 선명하다. 그래서 왕은 졸지에 피해자 측의 사주를 받은 브로커가 되었다.

부모의 추궁에 라이온과 치타는 그날 있었던 일을 고백했고, 백호 부모는 라이온 어머니 전화를 받고 알게 되었다. 셋은 왕한 테 당한 일만 밝혔고 왕과 한 약속은 실토하지 못했다.

가젤을 화장실에 가두고 밖에서 문을 잠가버린 일을,

그래서, 무단 수업 결과로 선생님께 혼이 나게 한 일을,

수학여행지에선 잠든 가젤의 발가락 사이에 휴지를 끼우고 불을 붙인 일을,

그래서, 가젤이 몇 주간 절뚝거리며 슬리퍼를 신고 등교한 일을,

그런 중에도 어울려 기절 놀이를 하고, 가젤을 기절시킨 일을,

돈을 주지 않고 빵이나 음료를 사 오게 한 일을,

새 옷과 새 운동화를 빼앗아 신고 입은 일을,

심심하면 발로 차고 주먹질했던 일을,

어떻게 말할 수 있었겠는가. 그들이 한 짓이지만 차마 부모한 테 밝히지 못했다. 하지 말아야 할 짓이었다는 걸 충분히 알고 있었다고 해야겠다. 잘못을 알고 있다고 칭찬이라도 해야 하는 지, 부모한테는 착한 자식이고 싶었던 건지, 그걸 양심이라 해야

할지 효심이라 해야 할지, 난감하지만 그런 결과가 났다.

자식들이 한 짓을 몰라서 그랬을까. 알면 달라졌을까.

라이온, 치타, 백호 부모는 바로 가젤의 부모를 의심한다. 아니, 확신한다. 사람을 시켜 복수를 꾀한 거라고. 그래서 바로 행동에 나선다. 가젤 부모를 찾아간 것이다.

가젤은 죽었고, 죽은 자는 말이 없다.

죽음으로도 밝히지 못한 사실은, 가해자도 밝히기 꺼려하는 범죄행위.

가젤이 겪은 일을 가젤의 부모도 자세히 모른다. 가젤은 부모한테 자신이 겪었던 고통을 말하지 않았다. 자신보다 부모 심정을 더 생각해서인지, 아니면 어른들을 믿지 못해서인지, 아니면 어떤 경험이, 어떤 방법도 소용없다는 신념을 심어주었는지 모르겠다.

부모가 자식을 잃었다. 그것도 스스로 목숨을 끊었다. 가해자를 밝힌 유서도 있었다. 유서에는, 친구들이 괴롭혀서 힘들었다는 말과 셋의 이름이 있었다. 분명히 가해자가 존재하는 사건이었다. 하지만, 학교도, 경찰도, 가해자 변호에만 열중하는 이상한 세상을 겪었다. 가해자가 있지만 가해 사실이 없는 것이 되어버렸다. 유서에 구체적인 가해 사실이 없다는 것이 근거가 되었다. 자신이 당한 일을 부모가 모르길 바랐을까. 차마 밝힐 수 없었을까. 아니면 친구들의 양심을 믿었던 걸까. 절망에 빠진 가젤 부모는 하루하루 자책하며 살아갔지만, 가해자는 아무 일 없는 듯 학교에 다녔다. 가해자가 어찌하여 늘 당당할 수 있는지 모를 일이었다.

아니 무슨 일이 생긴 모양이다. 놀란 부모들이 찾아와서 알았다. 사람을 사서 사주를 했다나. 모르는 일이라 해도 소용없었다. 명백한 범법 행위라며 고소한다 했다. 원하는 대로 하라고 했더니 태도를 바꿨다. 호소하며 돈 봉투를 들이밀었다. 치가 떨리게 가증스러웠다. 돈이라니. 협박할 때가 차라리 나았다. 자식을 앞세운 부모는 겁날 것이 없다. 협박은 우스웠고, 호소는 귓등으로 흘렀다.

그래도,

그들 자식은 살아있다.

가젤이 살아 돌아올 수만 있다면,

말이 안 되는 회유에도,

불가능한 협박에도,

매달렸을 것이다.

하지만 모든 것이 부질없게 되어버린 지금,

가젤 부모 가슴에 남아 있는 말은 이것이 다였다.

'아들아 미안하다. 못난 부모를 절대 용서하지 마라.'

*　*　*

라이온 부모는 이유를 알 수 없었다. 치타와 백호 부모도 답답하긴 마찬가지였다. 셋이 가젤을 괴롭힌 일을 낱낱이 적어 경찰서에 간 것이다. 모두 부모 모르게 감쪽같이 해치워버렸다. 이미 벌어진 일이 없던 일이 될 수는 없었다. 그래도 어떻게든 잘 수습하기 위해 동분서주했지만 헛수고였다. 전혀 협조적이지 않은 아이들의 태도에 힘이 더 빠졌다. 치타와 백호가 함구하는 것으로 대응하는 데 비해 라이온은 확실한 의사 표현으로 반항했다. 가젤한테 용서 구할 방법이 그것밖에 없는데 왜 죄를 덮으려 하느냐고.

이미 끝난 일이었다.

가젤의 유서에 셋의 이름이 있었지만, 그때는 방법이 있었다. 괴롭힘을 당한 구체적인 내용이 없었기 때문이었다. 그리고 자세하게 알고 싶지도 않았다. 아니, 아들을 학폭 가해자로 만들 순 없었다. 그건 친구들 간에 흔히 있는 다툼이어야 했다. 가젤의 내향적인 성격과 우울감을 강조했다. 넷이 잘 어울려 다녔다는 반 아이들의 증언도 확보했다. 친구 사이였음을 입증하는 증거는 많았고 라이온과 치타, 백호의 태도도 당당했다.

그런데 이제 와서 왜 이러는 것일까.

셋이 약속이나 한 듯 왜 그랬을까.

무엇이 이들의 마음을 이렇게 완강하게 바꾼 걸까.

아니, 사실은 두려운 게 아닐까.

그런 일을 일부러 지어낼 리 없다 생각하면.

사실을 부정하는 것 외에 다른 방법을 찾지 못한 건 아닐까.

차마 믿지 못할 내용이 아닌가.

그런 끔찍한 짓을 친구한테 하다니.

자수한 내용을 그대로 받아들인다면,

감수해야 할 고통이 당연히 따라온다.

자식들이 저지른 만행을 받아들이는 고통과,

자식들이 감당해야 할 고통과,

그런 자식들을 지켜봐야 하는 고통.

정직하게 그 고통을 마주할 용기가 없는 게 아닐까.

*＊＊

부모가 나섰다. 늘 그랬듯이 방패가 되었다.

이번엔 간절히 부모를 믿고 싶었고 기꺼이 뒤에 숨었다. 엄마가 알아서 할 테니 넌 공부나 해, 란 말이 진짜 반가웠다. 며칠이 지나자 공포도 옅어졌다. 목에 난 상처가 옅어지는 것처럼. 그리고 그런 생각이 슬며시 올라왔다.

'역시 별거 아니었다.'

그렇게 지나가는 줄 알았다.

라이온은 1시간 넘게 책상에 앉아 있다.

사실대로 적는 것은 어렵지 않았다. 부모가 대신해 줄 수 없는 일이 있다는 현실이 좀 두렵긴 했지만, 거짓으로 꾸며내지 않아도 되는 편안함이 있었다. 반성문을 몇 번 써 보았지만 이런 기분은 처음이었다. 꾸며내느라 머리 굴리기 바빴던 그 시간은 지루하고 힘들었다. 하지만, 했던 짓을 그대로 적는 일은 지루하지도 힘들지도 않다. 묘하게 마음이 고요해진다. 심지어 기억을 새록새록 떠올리다 보니 미안한 마음도 생긴다. 가젤한테 미안했던 적이 없었는데 이상했다.

이번엔 안방에 부모가 계시는 한밤중에 나타났다.

아무런 소리도 없이, 정말 귀신같이.

처음 당했을 땐, 그럴 수도 있겠거니, 무슨 트릭을 썼겠거니, 했다. 세상에 귀신같은 건 없으니까. 엄마도 그렇게 말했다. 귀신이 아닌 다음에야 그렇게 나타날 수 없다고, 무슨 수를 썼는지 몰라도 두 번 통하지는 않을 거라고, 세상에 기적 같은 건 없고 다만 이유를 모를 뿐이며 밝혀지고 나면 시시하고 뻔한 일이 된다고, 무지해서 무서운 거라고, 그러니 안심하라고.

하지만 아니었다.

그때는 집안에 치타와 백호밖에 없었고, 더구나 게임에 열중했던 터라 바깥소리에 둔감할 수 있었다. 하지만 오늘은 안방에 부모님이 계시고 2층 건넌방엔 여동생도 있다. 라이온만 있었다면 억지로 이해할 수도 있겠지만 부모와 동생까지 모를 수 있단 말인가. 정말 귀신처럼 나타난 게 아니라면.

하지만 왕은 그렇게 또 모습을 드러냈다.

전과 달라진 게 있다면 노크도 없었다는 것.

방문도 열리지 않았는데 침대 앞에 서 있었다.

라이온은 침대에 기대앉아 스마트폰을 보다 그를 발견했다.

검은 옷, 긴 머리, 납빛의 얼굴.

너무 놀라 소리도 나오지 않았다. 목이 졸리는 느낌과 함께 엉덩이도 아픈 듯했다. 그리고 정말 목이 졸렸다. 이번엔 진짜 소리를 낼 수 없었다. 엄마 말을 듣지 않았어야 했는데, 왕이 시키는 대로 할 걸, 공포와 후회가 소용돌이쳤다.

앞이 아득해지는데 손이 풀리고 공기가 폐로 밀려 들어왔다. 하지만 편한 숨은 잠시였다. 왕이 입안으로 양말을 쑤셔 넣었다. 그건 세탁물 바구니에 벗어놓았던 자신의 양말이었다. 가젤 입에 양말을 물렸던 기억이 났다. 하지만 기억을 이어갈 수 없었다. 몸이 이불에 돌돌 말리고 있었기 때문이다. 머리까지 이불에 싸인 채 애벌레처럼 침대에 굴려졌다. 무얼 하려는 걸까. 아무것도 보이지 않아 더 무서웠다. 온 신경이 소리에 집중되었다. 그때

머리에 번개가 지나갔다. 발만 나와 있는 걸 알았기 때문이다.

안 돼, 잘못했어요.

하지만 말은 나오지 않았다. 목구멍만 아파 왔다.

발가락 사이에 무엇을 끼우고 있다. 짐작이 맞았다. 자기가 한 짓이어서 알 수 있었다. 아니, 치타와 백호한테 시킨 일이었다. 손발이 묶인 가젤이 애벌레처럼 꿈틀거리던 모습이 떠올랐다. 라이터 켜는 소리가 나고 곧 타는 냄새가 났다. 그리고 이어진 진짜 타는 고통. 발버둥을 쳤다. 아무 소용없는 꿈틀거림. 다시 가젤이 떠올랐다.

미친 듯한 발버둥이 계속 이어졌다. 세 번이나.

아직 발가락 사이에 끼워진 타지 않은 종이가 있다. 그 생각만으로 죽을 것 같았다. 차라리 죽는 게 낫겠다. 고통에서 벗어날 수만 있다면 무슨 짓이든 하겠다, 고 울부짖었다. 말은 속으로 뭉개지고 얼굴은 눈물범벅이 된다.

소원이 전해졌는가.

네 번째 고통은 오지 않았다.

얼굴을 가렸던 이불이 벗겨지고 빛이 들어왔다.

계속 눈물이 났다. 부끄러운 줄도 모르고 울었다. 양말이 목을 막고 있어 숨이 막혔다. 왕이 양말을 빼주었다.

　- 잘못했어요.

　입이 자유로워지자 저절로 나온 말이었다.

　- 부모 뒤에 숨지 마라. 약속대로 하지 않으면 다시 온다.

　왕은 담담하게 말했다. 그리고 사라졌다. 소리도 없이. 문을 통하지도 않고.

　엄마 말이 틀렸다. 귀신은 있다. 엄마도 막아주지 못하는 귀신이. 이번엔 진짜로 약속을 지켜야 한다. 엄마한테 들키지 않고 해치워야 한다.

　일어나 발가락 사이에 약을 발랐다. 오른발은 무사해서 다행이라 생각했다. 당분간 슬리퍼를 신고 다녀야 할 신세가 되었지만 조심해야 한다. 엄마가 알면 도루묵이 될 게 뻔했다. 집안 식구 아무도 모르게 약속을 이행해야 했다. 데인 곳이 쓰라렸지만 일어나 책상에 앉았다. 종이를 펼치는데 전화가 왔다. 치타였다. 우는 소리를 듣고 알았다. 왕이 다녀갔다는 걸. 어느새 거기까지. 귀신이 분명했다. 치타는 목은 졸리지 않았다고 했다. 새끼운 좋네. 라이온은 그렇게 말하며 당한 일을 이야기했다. 치타가 진저리를 쳤다.

– 별수 없다. 시키는 대로 하자.

전화를 끊고 백호한테 전화를 했다. 완전히 겁에 질린 백호는 말까지 더듬었다. 백호는 목만 졸렸다며 라이온과 치타가 당한 이야길 하니까 말을 더 더듬었다. 전화를 끊기 전에 백호는 떨리는 소리로 그렇게 말했다.

– 그 남자 진짜 가젤이 보낸 걸까?

– 새끼, 쓸데없는 소리 그만하고 반성문이나 제대로 써.

그렇게 대꾸했지만 라이온도 사실 그런 생각을 하고 있었다.

학폭 가해 고등학생 3명 경찰에 자수

가해자 학부모는 인정 못 해

재수사 불가피할 듯

지난해 3월, 자신이 다니던 학교 옥상에서 떨어져 숨진 故가젤(가명) 군의 가해자라며 당시 같은 학교에 다녔던 라이온(가명, 16세), 치타(가명, 16세), 백호(가명, 16세) 군이 경찰에 자수했다. 이들 셋은 중학교 때부터 가젤군이 자살하기 전까지 괴롭혀 온 사실을 상세하게 적은 용지를 들고 경찰서에 직접 찾아왔다. A4용지에는 그들의 폭력 행위가 구체적으로 적혀 있었으며 세 학생이 밝힌 내용이 일치한다고 한다. 뒤늦게 경찰서에 불려온 부모들은 믿을 수 없다는 반응이었으며 분명 오해가 있거나 어떤 협박을 받았을 거라며 수사해줄 것을 요청했다.

한편 학생들은, 부모한테는 일부러 알리지 않았는데, 그들의 자수를 허락하지 않을 걸 알고 있었기 때문이라 했다. 이미 자신들은 학폭 가해자로 여러 번 신고를 당했지만, 부모들이 개입해 없던 일이 되었고 그들도 거짓말을 해왔다고 말했다. 왜 갑자기 심경이 변했는지에 대한 질문에는 셋 다 말을 아꼈으나 가젤 부모님한테는 직접 사과드리고 싶다고 입을 모았다. 경찰은 학생들의 자백을 토대로 수사에 들어갈 예정이라면서 학폭 가해자가 직접 자술서를 들고 경찰을 찾아온 일은 처음이라고 말했다. 이에 대해 부모들은 부모동의 없는 미성년자의 수사는 있을 수 없는 일이라며 강력 반발하고 있지만, 이는 법에 없는 억지 주장이다. 그리고 학생들의 입장은 더 강력했다. 지금까지 부모가 그들의 잘못을 덮어왔기 때문에 자신들이 얼마나 큰 잘못을 저질렀는지 의식하지 못했고, 그래서 결국 한 친구가 목숨을 잃었다면서, 이번에는 자신들의 부모로서가 아니라 사회의 어른으로서 지켜봐 주었으면 좋겠다는 뜻을 밝혔다. 셋은 고등학교 1학년생으로 만 14세가 넘어 촉법소년이 아닌 일반 형사범으로 수사 및 처벌을 받게 된다.

천소리 기자

왕이 죽기 전(1)

무섭지 않았다.

오히려 그리움을 달랠 수 있어 좋았다. 그리고 오두막을 터전 삼은 고양이가 있었다. 왕은 생각했다. 어쩌면 부모 손길을 탔을지도 모르겠다고. 고양이는 왕을 처음 본 날부터 말을 걸듯 야옹, 하며 가까이 왔다. 왕이 다소 황당해하며 서 있노라니 거리낌 없이 바짓자락에 수염을 비비고 다리 사이를 맴돌았다. 실없게 들리겠지만 마치 부모가 보내준 고양이 같았다.

그래도 이런 폐허 같은 곳에서 머물게 될 줄은 몰랐다. 부모도 그랬을지 모르겠다는 생각은 하룻밤이 지나고 난 뒤에 들었다.

인생의 고비에서 선택된 길은, 오히려 의도하지 않았던 길인 경우가 더 많았다.

처음엔 갈 곳이 없어 그냥 가보자 싶었다.

부모 장례를 치르고, A의 행적을 좇아 여기저기 뛰어다니고, 도무지 어떻게 해볼 수 없는 냉엄한 현실에 부딪히고, 자신의 무능함에 절망했다. 무얼 하든 먹고살 수 있는 젊음이 있지 않으냐 하겠지만, 아무것도 하고 싶지 않았다. 그래도 부모를 죽음으로 몰고 간 놈을 잡겠다고, 아니, 원인을 파헤치겠다고 뛰어다닐 땐 의욕이 있었다. 그러나 아무런 결과도 얻지 못했고, 할 것이 남아 있지 않다는 걸 깨달은 순간, 살아갈 의욕마저 사라졌다. 그런 허탈한 마음으로 오두막을 찾았다. 그나마 부모의 흔적이 있을 것이라 여겼는지도 모르겠다.

숲이 뿜어내는 향기가 근사했다. 나뭇가지에 돋아난 어린잎은 햇빛 아래 반짝이고 새소리가 명랑했다. 그렇게 마음이 편할 수가 없었다. 미친 듯이 관공서를 드나들며 보냈던 시간이 그제야 끔찍하게 다가왔다. 왜 그렇게 날을 세우고 다녔나 싶은 생각이 들 정도였다. 투자 사기를 밝히겠다던 분노가 우스워지기까지 했다. 하긴 왕은 원래 그런 놈이었다. 치열하게 공부를 해본 적도, 치열하게 어떤 일에 미쳐본 적도 없었다. 물론 치열하게 직업을 구한 적도. 마음 깊은 곳에선 그런 자신에 대한 한심함이 있었지만, 애써 외면하고 A한테 눈길을 돌렸는지도 모르겠다. 부모를 핑계 삼아.

풀이 돋아나는 숲길.

한 발짝씩 앞으로 내디딜 때마다 길은 희미하게 모습을 드러내었다. 끊어질 듯 이어지는 길. 길이 잘 보이지 않아도 천천히 걷는 걸음이라 문제가 되진 않았다. 덤불이 다리를 스치고 길게 뻗은 나뭇가지가 눈앞을 막아서기도 했다.

왕은 고개를 조금씩 비켜 가며 숲을 헤치고 나간다. 걷는 동안 마음도 텅 비어 간다. 바람이 불어와 왕을 스치고 지나간다. 바람에 날리는 헐렁해진 옷 위로 앙상한 몸이 드러난다. 마음보다 몸이 더 비어버린 듯도 하다.

숲길 끝에 나타난 오두막은 햇살을 담뿍 받고 있었다.

오두막을 둘러싼 공터엔 마른 풀이 수북하고 그 사이로 어린나무들이 앞다투어 고개를 내밀었다. 어린나무도 언젠가 그늘을 드리우는 숲을 이루겠지만 아직은 아니다. 하지만 왕은 오두막이 수풀에 뒤덮이는 환상을 본다. 나무가 오두막보다 높이 자라고 덩굴이 지붕을 덮어버려 감쪽같이 사라진 모습을. 마침내 거대한 숲이 되어 버린 오두막이 공터를 채우듯 벋어 나온다. 왕의 눈앞에 숲의 벽이 다가오고 있다. 나무가 손짓을 하듯 가지를 뻗고 덩굴이 발밑을 기어온다. 그런데 피할 마음이 들지 않는다. 그대로 숲과 하나가 되고 싶었던가.

날카로운 새소리에 화면이 바뀌듯 날아가 버리는 환영.

왕은 오두막 앞에 우두커니 서 있는 자신을 발견한다.

무릎까지 오는 풀을 헤치며 공터로 들어선다. 마른 풀 사이로 산뜻한 초록 풀이 고개를 내밀고 새들이 날아올랐다. 작은 새떼다. 기세 좋게 날아오른 새들은 곧바로 키 작은 나뭇가지 사이로 바쁘게 숨어든다. 그리곤 숨바꼭질이라도 하듯 나무 사이를 옮겨 다닌다. 왕의 눈이 새들을 따라간다. 그러다 다른 움직임을 발견한다. 공터 가장자리에 놓여 있는 야외용 탁자 위에 고양이가 있다. 이제 막 일어나 자세를 바꾸어 반대쪽으로 돌아눕는 중이다. 고양이는 햇빛을 남김없이 받으려는 듯 한껏 몸을 길게 늘이고 다리를 쭉 펴고 누웠다.

햇살에 드러난 털이 따스하다. 아니 따스하다고 느낀다.

왕이 탁자로 다가간다. 고양이가 몸은 그대로 둔 채 고개만 들어 왕을 바라본다. 놀라지도 도망갈 기색도 없다.

― 너 겁이 없구나.

말을 알아듣기라도 하듯 고양이가 그제야 몸을 일으킨다. 날렵한 몸매에 하양, 까망, 노랑의 삼색이 선명하다. 아직 완전한 성체는 아닌 게 분명하다. 어딘지 모르게 어린 티가 흐른다. 길게 기지개를 켠 고양이는 탁자에서 의자로 그리고 왕이 있는 풀밭으로 가볍게 뛰어내린다. 왕은 그대로 서서 고양이를 가만히 내려다본다.

― 야옹.

왕은 야옹, 이라는 소리를 반가워, 로 듣는다.

고양이는 왕의 해석을 증명이라도 해주듯 스스럼없이 다가와 다리 주변을 맴돈다. 수염과 볼을 바지에 비비다 풀밭에 배를 드러내고 눕는다. 왕이 고양이 앞에 쪼그리고 앉는다. 고양이는 여전히 배를 드러낸 채 뒹굴뒹굴한다. 왕이 조심스럽게 손을 내민다. 고양이가 왕의 가운뎃손가락 끝에 코를 갖다 댄다. 그리고 볼을 문지른다. 맨손에 닿는 감각이 마치 봄이 내려앉은 듯하다.

‑ 야옹.

눈을 천천히 깜박거리며 야옹, 하는 소리가 애처롭고 살갑다.

왕은 고양이를 키워본 적이 없다. 어릴 때 부모를 조른 적은 있지만 허락하지 않아서 결국 해보지 못했다. 방학이 되면 휴양림에 자주 갔다. 고양이가 찾아오는 휴양림이 있었다. 음식 냄새를 맡고 오는지도 몰랐다. 아침 먹을 때나 저녁에 고기를 구울 때 창밖에 앉아 있었다. 가까이 와서 울다가도 만지려고 하면 도망가서 안타까웠던 기억이 생생하다. 그래서 고양이는 늘 짝사랑이었다. 그런데 이제 막 고양이 친구가 생겼다. 이름도 지어주었다. 삼색이, 라고.

왕은 햇살 아래에서 삼색이랑 시간을 보냈다.

마치 오랫동안 같이 지내왔던 것처럼.

그때였을까.

왕의 시간이 달라졌던 것이.

왕의 감각이 숲과 닮아갔던 것이.

왕은 몰랐다.

그 순간에,

숲과 나무와 풀과 벌레와 새와 바람이,

한마음으로 왕을 감싸고 있었다는 것을.

***

빗소리에 눈을 떴다.

꿈도 없는 잠이었다. 얼마 만의 단잠이었나.

빗소리 속에 고양이가 울었다. 어두운 곳에 홀로 누워있는 자신을 인식하는 순간 현실이 돌아왔다. 밤인지 낮인지 새벽인지 저녁인지 알 수 없었다. 오두막 안은 어둡고 사방은 빗속에 고요했다. 고요 속에 고양이 울음소리가 끼어들 뿐이었다.

평온했다.

참담한 현실인데 평온했다. 전기도 수도도 없는 오두막에 누웠는데 마음이 편했다. 뉴질랜드에서 부모의 부고 소식을 받은 뒤로 처음 느끼는 평화였다. 불과 두어 달이 지났을 뿐인데 그 시간이 전생처럼 아득했다.

오롯이 슬퍼할 겨를도 없었다. 하늘이 무너지는 소식이었는데 눈물도 나오지 않았다. 경찰서에서 사건 경위를 듣고 장례를 치르는 동안에도 감정은 일어나지 않았다. 너무 담담해서 이상할 지경이었다. 문상 온 사람들을 기계처럼 맞이하고 기계처럼 일 처리를 했다.

의문과 분노는 장례 절차가 끝난 뒤에 찾아왔다. 돌아갈 집이 없다는 현실을 마주하고서야 정신이 들었는지도 모르겠다. 부모는 집도 절도 없는 처지가 되어 죽음을 맞이했다. 이제 왕이 그런 처지가 되었다.

전 재산을 잃은 이유가, 죽음의 이유가 분명히 있었다. 범죄행위가 분명했다. 그런데 가해자가 없었다. 아니 있지만 없었다. 법은 피해자를 구제하지도 가해자를 제재하지도 못했다. 아무것도 할 수 없다는 걸 알았을 때, 오히려 감정이 거세게 올라왔다. 목구멍까지 차오르는 울분으로 밥도 넘어가지 않았고 잠도 잘 수 없었다. 그러나 울분마저 오래 가지 않았다. 거세게 타올랐던 울분은 식은 재로 남았고, 재는 어떤 열기도 품을 수 없게 되었다.

그때 오두막이 떠올랐다. 갈 곳이 없어서였을까. 그랬을지도 모르겠다.

경찰의 안내로 현장을 방문했을 땐 보고 있기도 힘든 곳이었다. 당시엔 그저 사건 현장이었다. 그랬던 곳이었는데. 가보고 싶어졌다. 시간이 정말 약이 되었는지, 사람 마음이란 것이 원래 그렇게 마음대로인지.

다시 들어선 숲은 달랐다.

새순이 돋은 나뭇가지가 손을 흔들며 환영하는 듯했다.

햇살 아래 오두막도, 고양이도 왕을 기다리고 있었는지 모르겠다.

쪼그려 앉아 삼색이와 놀던 왕이 허리를 펴고 일어났다.

다리가 저렸다.

– 야옹!

손길에 몸을 맡기고 있던 삼색이 울음이 앙칼지다. 아직 더 놀고 싶은데 손길을 거둔 것이다. 왕이 제자리걸음을 하며 내려다본다. 삼색이 왕을 올려다보며 더 높은 소리로 심정을 표현한다. 왕은 삼색이 요구를 무시하고 탁자와 일체형으로 붙어있는 벤치에 앉는다.

– 야옹!

삼색이 날카로운 소리를 내며 일어난다. 그리고 벤치로 다가와 왕의 무릎 위로 뛰어오른다. 왕의 얼굴에 미소가 번진다. 마치 그럴 줄 알았다는 표정이다. 삼색이는 가르릉거리며 자리를 잡고 엎드린다. 고양이를 쓰다듬는 왕의 손길이 부드럽다.

시간이 흐른다. 바람이 불고 새가 울고 숲이 수런거린다.

졸음이 몰려온다. 삼색이는 벌써 잠에 빠졌다.

왕은 잠든 삼색이를 가만히 들어 탁자 위에 내려놓고 일어났다.

왕이 풀을 밟으며 공터를 가로질러 오두막으로 향한다.

탁자 위에 놓이는 순간 삼색이 눈을 뜬다. 졸음이 가득한 눈으로 왕이 걸어가는 모습을 보다가 자세를 고쳐잡으며 눈을 감는다. 그리고 곧 다시 잠에 빠진다.

왕이 오두막 문을 연다.

삐걱, 소리를 내며 열리는 문.

마주 보이는 벽면에 야전 침대가 놓여 있다. 부모가 마지막을 맞이한 곳이라는 생각을 했는지는 모르겠다. 왕은 곧바로 침대로 가서 쓰러지듯 누웠다. 그리고 잠에 빠져들었다. 깊은 잠이었다.

얼마나 잤을까.

고양이가 계속 울었다.

일어나 오두막 문을 열자, 삼색이 뛰어들었다. 털이 젖어있었다. 밖에는 제법 세찬 비가 내리고 있었다. 숲과 흙냄새가 밀려

들어왔다. 왕은 크게 숨을 들이쉬었다. 문을 열어놓은 채 문턱에 걸터앉았다. 숲이 뿜어내는 냄새도 좋았고 비 구경도 좋았다. 젖은 털을 핥던 고양이가 왕의 무릎을 파고들었다. 왕은 고양이를 안아 품었다. 젖은 털을 쓰다듬는 왕의 손을 고양이가 핥았다.

비 오는 숲을 응시하며 왕은 무슨 생각을 했을까.

그렇게 숲의 하루가 흘러갔다.

그날이 첫날이 되었다.

의도하지 않았던 숲속 생활이 시작된 날.

시작이 있으면 끝이 있다. 그리고 그 끝은 아주 가까이 있었다. 겨우 몇 주. 알고 있었을까. 그래서 기꺼이 머물게 되었을까. 끝이 가깝지 않았다면 머물 수 없었을지도 모른다. 열악한 환경 이야기가 아니다. 왕의 마음엔 이미 환경을 탓할 욕구조차 남아 있지 않았으니까. 욕구를 떠난 생명체는 존재를 유지할 방법이 없다. 존재의 유지는, 생명체의 가장 치열한 보존 욕구의 결과물이니까.

2. 어때, 섬뜩하지

왕은 엘리베이터 문이 잠기려는 순간 발을 들이밀었다.

닫히던 문이 다시 열리고 C와 눈이 마주친다. 야비한 눈빛이
다. 맞받아치며 쏘아본다. C는 좀 놀란다. 왜 아니겠나. '너만 살
의를 품을 수 있는 건 아니지, 나도 지금 그래, 그러니 섬뜩할 거
야.' 왕은 속으로 웃으며 그런 생각을 한다.

엘리베이터 안엔 두 사람이 있었다. 그런데 한 사람은 없는 사
람처럼 행동한다. C의 포로나 다름없는 H다. H의 머리는 붕대
에 감겨있고 여기저기 피가 배어 나왔다. 낯선 사람이 엘리베이

터 안으로 들어왔는데도 구석으로 발을 옮길 뿐 돌아보지도 않는다. 돌아볼 수가 없는 것이다. C의 주먹이 언제 날아올지 모르니까. 다른 사람과 마주치면 반드시 외면해야 했다. H를 철저히 외부와 고립시켜야 했던 C가 훈련을 시켜놓은 결과였다. 돌아봤다간 그 자리에서 주먹세례를 받는다. C의 주먹은 무지막지함 그 자체였다. 눈이든 코든 어떤 예민한 부분도 피해가지 않았다. 그래서 H는 지금 자이언트 판다처럼 보인다. 눈 주변이 파랗다 못해 새까매진 탓이다. 미처 멍이 빠질 새도 없이 매일같이 맞은 흔적이 H를 그렇게 만들어 놓았다. 어쩌면 C는 일부러 눈을 향해 주먹을 날렸는지도 모른다. 그만큼 악랄한 놈이다. 상대의 아픔 따윈 안중에도 없다. 아니, 어떻게 하면 더 괴롭히고 어떻게 하면 더 아프게 할까, 가 인생의 유일한 고민일 수도 있다. 그래서 얼굴은 주먹이지만 머리는 몽둥이로 내리친다. 자기 손이 아픈 건 싫은 모양이다. 터져서 피가 나도 신경 쓰지 않는다. 주체할 수 없이 피가 흘러 얼굴을 덮을 지경이 되면 붕대 감는 건 허락한다. 일말의 양심이 있어서가 아니다. 죽으면 안 되기 때문이다. 피를 너무 흘려 죽어버리면 자원을 다시 마련해야 하고, 고분고분하도록 훈련을 시켜야 하고, 무엇보다 시체 처리가 귀찮은 것이다. 붕대는 피만 멎으면 제거한다. 외출할 때 이목을 끌 수 있기 때문이다. 주목을 받아 좋을 건 없었다. 하는 일이 떳떳하지 않은 것도 알고 있고 사소한 부주의로 돈벌이에 방해되는 일을 만들고 싶지 않은 것이다. 오늘은 어쩔 수 없었다. 데리고 나갈 일이 생겼는데 피가 멎지 않았다. 그리고 외출도 필요하다. 방에만 가둬두고 일을 시키고 싶지만 혼자 오래 두면 딴마음을 품게 되고 무슨 일을 꾸밀지 몰랐다. 컴퓨터라는 것이 갇힌 곳에서도 소통할 수 있는 기기이기도 하고, 더구나 그 사용에 유능한 놈들이다. 그리고 또 모른다. 죽어버리기라도 하면 골치가 아파지니까. 또한 밖으로 나가는 것도 훈련이다. 절대로 도망갈 수 없다는 경험을 안겨 줄 기회가 되어주기도 한다. 여권도 없이 튀어봐야 벼룩이지만 실패를 겪어야 포기가 되는 법이다. 한번은 H가 공항까지 도망간 적이 있다. 유창하지 않은 언어로 도움을 받기는 쉽지 않다. 말도 잘 통하지 않는 외국인을 기어코 봐주는 사람은 흔치 않으니까. 아무나 붙잡고 우왕좌왕하고 있는 꼴이라니. H는 뒤쫓아온 C를 발견하는 순간 새하얗게 질려 오줌까지 지렸다. 그리고 잡혀 와서 또 오줌을 쌀 때까지 맞았다. 그렇게 한 번씩 죽도록 패주면 의지는 완전히 꺾인다.

　H는 엘리베이터 벽면을 향해 서 있다. 그 뒷모습을 물끄러미 보고 있는 왕을 C가 쳐다본다. 왕도 다시 눈을 돌려 C를 본다. C의 표정이 험악해진다. 그건 버릇으로 굳어진 것이기도 하다. 늘 그런 식으로 살아왔다. 감히 자기의 눈길을 맞받아치는 놈은 누구든 밟아버리겠다는 비뚤어진 마음이 보인다. 왕은 또 웃음이 난다. 왕의 입술에 퍼지는 웃음에 C는 거의 미칠 지경이다. 자신 앞에 납작 엎드리는 사람에 익숙해져 있는 까닭이다. 절로 욕이 나온다. 밖으로 내뱉지는 않았지만, 왕의 귀엔 똑똑히 들린다. 이 새끼 뭐야!

　– 마왕이다. 왜?

　C가 깜짝 놀란다. 그도 그럴 것이 듣고 대답하는 것 같다. 순간 험악한 인상이 잠깐 풀린다. 누구나 놀라면 자기가 원하는 인상을 유지할 수가 없다. C도 사람이라는 생각이 잠시 스친다. 풀린 얼굴도 잠시. 분노 가득한 C의 주먹이 그대로 왕의 눈을 향해 날아온다. 왕보다 H가 더 놀란다. 보고 있지 않지만, 신경은 온통 C를 향해 있다. 불편한 상황이 벌어졌고 그 불똥이 자

신한테 튈까 두려운 것이다. 성질이 나면 H한테 화풀이를 할 테 니까. 그건 H가 그동안 겪어온 일이기도 했다. 몸서리치는 긴장 속에 있는 H.

그런데 C가 비명을 지르며 무릎을 꿇는다. 아니 무릎으로 주 저앉았다고 해야 맞겠다. 날아간 주먹이 왕의 손안에서 비틀린 것이다. 우두둑 소리와 함께. H가 돌아본다. 까만 멍 속에 있는 눈이 더 커질 수 없을 만큼 커진다. 믿을 수 없는 광경을 목도한 눈이다. 고통에 몸부림치는 C를 멍한 표정으로 보다가 왕을 쳐 다본다. H가 지켜보는 가운데 왕은 C의 얼굴을 무릎으로 날린 다. C가 바닥에 널브러지고 왕은 C의 성한 손을 쥐더니 비틀어 버린다. 뼈가 부서지는 소리보다 더 끔찍한 비명이 엘리베이터 안을 울린다.

그 정도면 오랫동안, 아니면 영원히 주먹은 제구실을 못 할 터 였다. 시력도 온전하지 않을 수 있다. 얼굴을 쳤던 무릎이 한쪽 눈에 쏠렸다. 왕이 의도한 게 아니라고는 못 하겠다. 그래도 눈 을 정통으로 겨냥하진 않았다고 말할 수 있다. 뭐 어쨌든 이제 누구한테도 두려운 존재가 될 수 없게 되었다. 물론 지금은 너무 놀라 아무 생각 없는 H한테도.

엘리베이터 문이 열리고,

왕은 둘을 남겨둔 채 그곳을 떠났다.

조건이 좋으면 의심을 해야 한다.

그러나 청년은 그럴 만큼 세상을 살지 못했고, 그건 청년의 잘못이 아니다. 아니다. 이것도 잘못된 말이다. 나이가 들수록 남의 말을 의심해야 한다니, 그게 정상인 것처럼 말하는 꼴 아닌가. 믿는 사람이 유죄라면 속이는 사람은 무죄란 말인가. 믿는 마음을 이용하는 세상 잘못이라 해야 하는 것 아닌가.

말을 할수록 모순에 빠진다. 하여튼 세상은 믿는 사람들과 믿음을 이용하는 사람들이 얽혀 사는 곳임엔 분명하다. 그리고 믿었던 사람들의 피눈물로 믿음을 이용한 사람들이 배를 불리고 있다. 피눈물이 저절로 보상으로 돌아오는 일도 없고 배를 불린 자들이 스스로 밥을 내어놓는 경우도 없다. 안타깝지만 그게 현실이다.

숙식을 제공한다. 고정 월수입이 있다. 성과에 따라 보너스도 준다.

이런 조건에 혹하지 않을 청년이 있을까. 원하는 직업을 얻긴 힘들고 더 이상 부모 신세 지기 미안한 양심 바른 청년이라면 말이다. 놈들은 꼭 이렇게 약한 고리를 이용한다. 그래서 반듯하고 착한 청년들이 피해를 본다. 왜 하필 그렇게 착한 사람들이 피해를 보느냐고 묻지 말라. 그건 비겁한 놈들이 정정당당하길 바라는 것과 같다. 그리고 피해자를 바보로 만드는 질문이다. 사건의 핵심은 피해자가 아니라 가해자다. 속는 사람이 아니라 속인 사람에게 초점을 맞추어야 한다. 미친개가 어린아이를 향해 뛰어가면 어디에다 총을 쏘아야 하는지 모르겠는가.

왕은 오직 미친개만 바라본다.

다시 말하자면 착한 사람에겐 관심 없다.

그들은 그냥 두기만 해도 잘 산다.

나쁜 놈만 없애주면.

***

다시 둘이 되었다.

순식간에 벌어진 일.

얼떨떨한 가운데서도 H는 이 상황이 믿을 수 없이 기쁘다. C

66

를 더는 겁낼 필요가 없게 되었다는 사실이. 그런데 C는 아직 상황 파악이 안 된 모양이다.

– 아이 씨–팔– 저 새끼 잡아! 아니 병원…….

H를 향해 두서없는 명령을 내린다. 습관은 무섭다. H는 순간 움찔한다. 그래봤자 잠깐일 뿐, 이제 H도 생각이란 걸 하기 시작한다. 자신이 생각할 수 있는 사람이었다는 걸 방금 깨달은 것처럼. 마침내 집으로 돌아갈 수 있게 되었다는 생각을, 그러려면 여권을 찾고 돈도 있어야 한다는 생각을.

– 이 새끼 뭐 하고 있어! 아, 씨발 빨리.

C가 다시 악을 쓴다. 횡설수설하는 중에도 욕은 잊지 않고 잘도 섞는다. 하지만 입만 살아있는 자의 욕은 힘이 없다. H에게 아무런 타격도 줄 수 없는 욕이다. 고운 말로 부탁한다 해도 남자를 잡으러 갈 마음은 눈곱만큼도 없다. 만나면 고맙다고 절이라도 할 판이다. 그리고 병원에 데리고 갈 마음은 더구나. 안됐지만 지금은 그럴 때가 아니다. 그동안 C에게 배운 것이 있다면, 남의 약점을 이용하는 것. 지금부터 그걸 실천할 생각이다.

– 내려.

H가 엘리베이터 열림 버튼을 누른 채 명령한다.

– 어?

C가 머리를 들고 H를 노려본다. 얼굴은 피범벅이다. 눈언저리와 코에서 피가 계속 흐르고 형태가 불분명하게 부어올랐다. 피투성이를 보고 있어도 동요되지 않는 마음이 신기하다. H는 냉정한 자신한테 좀 놀란다. 동정 없는 눈으로 C를 내려다보며 다시 명령한다.

– 내리라고.

C의 망설임이 느껴진다. H는 말없이 C를 쏘아본다. 잠깐의 망설임 끝에 C가 힘겹게 일어서서 엘리베이터에서 나간다. 피가 눈으로 흘러들어 앞이 흐릿하고, 손이 있지만 오히려 달려있는 게 괴로울 지경이다. 고통이 시시각각 숨통을 죄어오고 작은 움직임에도 통증이 가중된다. 병원에 데려가 달라며 엎드려 빌고 싶은 심정이다. 엎드리진 않았지만, 목소리는 빌고 있다.

– 제발, 병원부터.

H는 앞장서서 걷는다. 못 들은 게 아니다. 들어줄 수가 없는 것이다. 상대의 약점을 이용해야 자기가 살 수 있다. 그리고 C는 결코 믿을 수 없는 놈이다. 사정을 봐주면 고마워하는 게 아니라 얕보고 도리어 이용하는 놈이다.

사무실까지는 불과 몇 미터. C는 몇 미터 복도를 몇백 미터나 되는 듯 걸어온다. H는 한 번도 제 손으로 여닫은 적이 없는 문 앞에서 C를 기다린다. 열쇠는 C의 주머니 속에 있을 것이다. C는 두 팔을 구부정하게 든 채 떨고 있다. 극심한 통증이 H에게도 전해지는 느낌이다. H가 수없이 겪었던 고통. 차라리 죽었으면 했던 순간들. 그 생각이 나자 가슴 깊은 곳에서 웃음 같은 것이 올라온다. 하지만 그것은 웃음으로 피어오르지 못하고 도리어 얼굴이 일그러진다. 찡그린 얼굴로 잠시 서 있던 H가 C의 주머니에 손을 넣어 열쇠를 찾아낸다. 열쇠를 꺼내느라 가까이 갔을 때 C의 입에서 나는 신음소리를 듣는다. 그건 저절로 나오는 소리라는 걸 잘 알고 있다. 정신을 잃지 않을까 걱정될 정도다. 그래도 죽진 않는다. 그 전에 할 일을 빨리 마쳐야 한다는 생각을 한다.

열쇠를 밀어 넣고 문을 활짝 열어젖힌 후 길을 터 준다. 늘 C가 해오던 방식이다. 들어갈 땐 먼저 들어가게 하고 나올 땐 뒤따라 나오게 했다.

− 들어가.

C는 몸을 떨며 반항 없이 사무실 안으로 들어간다. C를 뒤따라

들어간 H는 문을 닫고 C와 정면으로 마주 선다. 그리고 또박또박 말한다.

– 잘 들어, 한 번만 말한다. 여권 어딨어?

– 금고에.

– 앞장서.

C는 의지가 완전히 꺾인 듯 두말없이 앞장선다. C가 사무실 겸 숙식하는 곳으로 쓰고 있는 방으로 간다. H가 한 번도 들어가 본 적 없는 방이다. C가 문 앞에 그냥 서 있다. 문조차 열 수 없는 손이다. H가 문고리를 잡고 돌린다. 문이 열리고 방이 드러난다. 방은 넓다. 침대와 책상과 가구가 잘 갖추어진 방이다. 그리고 침대 머리맡 벽면을 차지한 금고. H가 C의 등을 밀며 금고 앞으로 간다. 비밀번호가 너무 어이없다. 0000이라니. 번호를 물었더니 '영 4개'라 해서 거짓말인 줄 알았다. 어이없는 표정으로 돌아보니 '맞아, 외기 귀찮아서' 하는데 처음으로 C도 사람처럼 느껴졌다.

금고문을 열자 돈다발이 먼저 눈에 들어온다. 달러와 페소와 원화. 그리고 아래 칸에는 여권이 있다. 그것도 한 다발이다. H는 자신의 여권을 찾아 주머니에 넣고 나머지도 꺼내놓는다.

- 네 것만 가져가.

- 조용해.

C가 진짜 조용해진다. H는 페소와 달러와 원화를 골고루 빼내고 짐을 싼다. C는 자신의 침대에 넋을 놓고 앉아 있다. H를 주시하고 있었는지 그저 고통을 참고 있었는지는 모른다. 가방에 짐을 넣고 C의 휴대폰도 압수했다. 방을 나오는데 C가 애원한다.

- 구급차 불러주고 가.

- 내가 왜?

그런 말이 툭 튀어나온다. 그런 말을 하려던 게 아니었다. H는 진짜 하려던 말을 하고 방을 나온다.

- 비행기 타기 전에 불러줄게. 그 정도는 참을 수 있지? 내가 너를 못 믿어서 그래. 너한테 배운 거니까 너무 섭섭해하지 말고.

H는 밖으로 나와 사무실 문을 열쇠로 잠근다. 아마 혼자선 문을 열지 못할 것이고 밖으로 나오지도 못할 것이다. 그 손으론 이제 종이 한 장도 들 수 없다.

혼자 복도를 걸어가는 걸음이 어색하다. 아니 아직 자유를 얻었다는 실감이 나지 않는다. 마구 기뻐야 하는데 가슴으로 올라

오던 벅찬 감정이 자꾸만 어딘가에 막힌다. 아직 그 자리에 있는 엘리베이터 버튼을 누르자 문이 열린다. 혼자 엘리베이터를 탄다. 습관적으로 구석으로 가려다 멈춘다. 한가운데 서서 거울을 본다. 보고도 믿기 힘든 모습의 청년이 서 있다. 피투성이 붕대에 감긴 머리와 까만 멍 속에 숨어 자신을 바라보고 있는 눈. 울음이 터진다. 벅찬 감정이 그제야 용솟음친다. H는 흐느끼며 엄마를 소리 내어 불렀다.

– 엄마!

필리핀에 억류되었던 청년 1년 만에 부모 품으로
필리핀 거점 취업사기단 우두머리는 한국인
감금된 채 폭행 속에 노동력 착취당해

숙식 제공과 고수익을 미끼로, 직업을 구하는 청년들을 유혹해 필리핀으로 불러들인 취업사기단에 억류되어 1년 동안 폭행과 노동 착취에 시달려 온 H씨(21세)가 지난달 28일 극적으로 필리핀을 탈출해 부모 품으로 돌아왔다. H씨는 1년 전 인터넷 구인 광고를 보고 필리핀행을 결심했다. 30세 미만의 컴퓨터 사용에 유능한 자라면 누구나 환영, 숙식 제공에 고수익이 보장되는 좋은 조건이었다. 낯선 외국에 가야 한다는 부담이 있었지만 3년만 일하면 목돈을 마련할 수 있겠다는 희망을 품고 H씨는 출국했다.

하지만 H씨의 꿈은 필리핀 땅에 도착하는 순간 악몽이 되었다. 그들은 H씨를 방에 감금하고 불법 사이트를 만들게 했으며 거의 매일 폭행했다. 갇힌 지 두 달 만에 탈출에 성공해 공항까지 갔지만, 공항에서 일당에게 잡혀 도로 끌려갔다. 다시 감금되었을 땐 며칠 동안 음식도 주지 않고 매질을 해 거의 죽음 직전까지 갔고, 감시는 더욱 심해졌다. 심한 매질과 철저한 감시는 저항의 의지를 완전히 꺾었고 어떤 희망도 보이지 않았다.

그러던 중, 탈출에 도움을 준 기적 같은 일이 일어났다. 외출했다 돌아오는 엘리베이터에 어떤 남자가 같이 탔다. 외출엔 항상 감시인이 따라붙었고 그날도 우두머리 C와 같이 있었다. C와 남자 사이에 시비가 붙었고, 눈 깜짝할 사이에 남자가 C의 손을 부스러뜨리고 큰 부상을 입혔다. 그리고 남자는 엘리베이터에서 내렸다 한다. 부상으로 아무런 제지도 못 하게 된 C의 손에서 벗어난 H씨는 비로소 한국으로 돌아올 수 있었다.

H씨가 집으로 돌아온 다음 날 H씨 아버지의 신고로 이 사건이 알려졌고 경찰은 수사에 들어갔다. 그리고 또한 H씨가 말한 남자의 행방과 신원을 찾기 위해 탐문을 시작했지만, 단서가 전혀 없어 난항 중이다. H씨한테는 생명의 은인과 다름없는 그 남자는 또한 폭행 수배자이기도 하다.

조시민 기자

왕이 죽기 전(2)

박새와 쇠박새가 더 많았다.

곤줄박이는 언제나 두세 마리가 올 뿐이었다. 박새 무리 속에 멧새가 섞이기도 하고 동고비도 자주 왔다. 야외 탁자 위는 새들의 먹이터가 되었다. 새가 모일 때면 삼색이는 긴장한다. 풀밭에 몸을 숨기고 끈질기게 노리고 앉아 있다. 하지만 턱도 없다. 삼색이가 아직 단숨에 탁자 위로 뛰어오를 능력이 없고 새는 날개가 있다. 단숨에 탁자로 뛰어오른다 해도 날아오르는 새를 잡기 힘들겠지만 삼색이는 벤치를 딛고서야 탁자에 오를 수 있다. 새가 바보가 아니고서야 벤치로 뛰어오르는 고양이를 보고만 있을까. 고양이가 벤치에 이르는 순간 탁자 위 새들은 호록 날아가 버린다. 왕이 먹이를 탁자 위에 뿌려주는 이유이기도 하다. 아무래도 고양이가 지켜보고 있는 땅바닥은 위험하다.

오두막에 온 지 사흘째 되는 날이었다.

마을에 나가 밥을 한 끼 사 먹었다. 숲에 들어온 뒤 처음으로 제대로 먹은 끼니였다. 하루는 잠만 잤고, 하루는 비를 보며 지냈다. 배가 고픈지도 몰랐던 숲의 시간이었다. 돌아오는 길에는 마트에 들러 먹을 것도 샀다. 어차피 밥을 해 먹을 수도 그럴 마음도 없으니 간편식이었다. 그래도 고양이 사료는 챙겼다. 왕이 오두막에 오기 전에도 삼색이는 스스로 먹고살았다. 그야말로 완전한 독립체였다. 마을을 들락거리는지 사냥을 하는지는 왕도 모른다. 그동안 어떻게 살아왔는지 모르겠지만 먹을 것을 주고 싶었다. 그래서 꽤 큼직한 사료를 사고 물을 몇 개 샀더니 짐이 제법 무거웠다. 몇 번 쉬면서 오두막에 돌아오니 삼색이 풀밭에 꼼짝 않고 앉아 어딘가를 노려보고 있었다. 왕이 가까이 다가가도 움직이지 않았다. 삼색이 노려보고 있는 곳을 봤지만 특별한 걸 발견할 수 없었다. 왕의 눈엔 그냥 나무와 풀뿐이었다. 왕은 탁자 위에 무거운 봉지를 부려놓았다. 그때 눈앞에 뭔가 휙 지나갔다. 날갯짓 소리도 들었다. 새였다. 그런데 새가 왜 사람한테? 그런 생각을 하는데 이번엔 머리를 스치듯 또 지나간다. 날아가는 새를 놓치지 않고 눈이 따라갔다.

삐삐―

작은 새 한 마리가 낮은 나뭇가지에 앉아 울어댄다. 알록달록 무늬가 선명했다. 새는 가지를 옮겨 다니며 소리를 냈지만 멀리 가진 않았다. 부리를 크게 벌리며 날카롭게 지저귀는 품이 당당하다. 그런데 삼색이 얼굴이 새를 향해 있었다. 새가 가지를 옮겨 다닐 때마다 얼굴이 돌아간다. 그제야 삼색이 무엇을 노리는지 알아챘다. 설마? 사냥을? 기분이 묘했다. 저 작고 예쁜 새를 저 작고 귀여운 고양이가 사냥을 한다고? 왕은 삼색이와 새를 번갈아 보았다. 새는 가지에서 계속 울어대고 삼색이도 몸을 웅크린 채 눈을 떼지 않았다. 끈질긴 대치였다. 왕이 하릴없이 쳐다보다가 벤치에 앉았다. 고양이 사료를 꺼낼 참이었다. 누구 편도 들 수 없지만 싸움을 말릴 방법은 있을 듯했다. 어차피 먹이 싸움이라 생각했다. 벤치에 앉아 봉지를 뒤적이는데 새가 탁자 끝에 내려와 앉았다. 오호라, 본능적으로 알았다. 새도 먹이를 구한다는 걸. 왕은 봉지를 뒤져 견과류 통을 꺼냈다. 아몬드, 땅콩, 호두가 섞여 있는 캔이었다. 뚜껑을 여는데 새가 손에 앉을 듯 가까이 날아왔다. 마음이 급해지며 가슴이 쿵쿵 뛰었다. 정말 먹이를 구하는구나. 그때 잠시 삼색이는 잊었다. 인간 뇌의 한계였다. 어떤 것에 대한 집중은 다른 것에 대한 망각을 의미했다. 왕은 호두를 잘게 부수어 손바닥에 얹어 펼쳤다. 모든 감각이 손바닥에 모였다.

오, 세상에. 새가 정말 내려앉았다.

손끝에 착지하나 싶은 순간 번개같이 호두 조각 하나를 물고 날아간다. 작은 발이 손가락 끝을 잡았던 촉감에 절로 웃음이 났다. 그런데 새의 향방만 보느라 놓친 것이 있었다. 삼색이가 벤치를 디딤돌 삼아 탁자 위로 올라온 것이다. 아마 새가 손바닥에 내려앉는 순간 행동 개시를 했을 터였다. 삼색이 탁자 위에 있는 동안 새는 오지 않았다. 나뭇가지에 앉아 삐삐 울었다. 빨리 치우라고 명령하듯이. 이번엔 삼색이도 새를 향해 높고 날카롭게 울었다. 왕은 손바닥에 있던 호두 조각들을 탁자 위에 뿌려 두고 고양이 사료를 꺼냈다. 진작에 고양이부터 챙겨야 했다는 생각을 하면서. 사료 봉지를 뜯고, 납작한 돌을 찾아 오두막 처마 아래에 사료를 부어놓고, 다시 돌아올 때까지 삼색이는 탁자 위에 그대로 있었다. 왕은 삼색이를 안아 사료가 놓인 오두막 앞에 내려놓았다. 사료 냄새를 맡은 삼색이 먹이에 관심을 보이며 먹기 시작했다.

　탁자로 오니 새가 탁자 위 호두 조각을 물고 날아갔다. 알고 보니 한 마리가 아니었다. 두 마리 새가 교대로 날아와 호두를 채 갔다. 탁자 위 호두 조각을 다시 주워 모아 손바닥에 얹고 앉아 기다렸다. 내려앉는 촉감을 다시 맛보고 싶었다. 새는 지체없이 내려왔다. 몇 번 오더니 제법 여유를 부리며 먹이를 물었다 놓기도 하며 골라서 물고 갔다. 바로 눈앞에서 새를 보고 있자니 다른 세상에 있는 듯했다. 그 새가 곤줄박이였다. 인터넷 검색을 하니 사람 손바닥에서 먹이를 먹는 곤줄박이 사진이 참 많았다. 사람을 겁내지 않다니. 참 신기한 새라고 생각했다. 그때부터 탁자에 먹이를 뿌려놓았다. 날마다 새가 늘었는데 곤줄박이는 의외로 수가 많지 않았다. 그래도 언제나 곤줄박이가 제일 먼저 가까이 왔다. 탁자에 먹이가 있어도 왕 근처에 기웃거리는 새는 곤줄박이였다. 마치 안부를 묻는 듯이.

수풀엔 오목눈이와 참새가 단연코 많았다. 그래도 탁자 위에는 드물게 찾아왔다. 무리 지어 다니는 새일수록 조심성이 많은지도 모르겠다. 먹이가 있는 탁자 주변 나뭇가지엔 오목눈이가 조롱조롱 모여 있지만, 선뜻 탁자 위로 오지 못했다. 아주 조금씩 접근하다 용감한 한 마리가 먹이 대열에 합류하면, 몇 마리가 내려앉는다. 그것도 잠시, 몇 초도 지나지 않아 화라락 날아가 버린다. 가느다란 풀에 매달려 먹이를 쪼는 참새들도 웬만해서 탁자에 오지 않는다. 어쩌면 먹이가 마음에 들지 않을지 모른다. 참새는 곡물을 좋아한다니까.

날마다 새를 보고 있자니 작은 차이도 눈에 들어왔다. 종에 따라 습성이 다른 건 어쩌면 당연하겠지만 같은 종이라도 개체별로 또 달랐다. 박새는 탁자 밑을 잘 뒤지고 다닌다. 그래서 자주 삼색이의 공격 대상이 된다. 탁자 위에서 떨어진 먹이를 찾아 먹는 것 같다. 왜 멀쩡하게 둔 먹이를 외면하고 떨어진 먹이에 집착하는지 모를 일이다. 아주 앙칼진 쇠박새도 있다. 쇠박새 몸집은 박새보다 작다. 그런데 같은 쇠박새는 물론 박새한테도 지지 않는다. 먹이를 먹다 가까이 오면 부리를 벌리고 날카로운 소리를 내며 쫓아낸다. 그래서 그 쇠박새 곁에는 아무도 가까이 오지 않는다. 나무를 잘 타는 동고비는 탁자에 내려앉는 모습이 마치 제트기 같다. 나무줄기를 타고 오르내리며 먹이를 찾다 보니 다리 힘은 좋고 날개 힘이 약한지도 모르겠다. 가볍게 착지하려면 날개로 속도를 제어해야 하는데 동고비는 날아오는 속도 그대로 내려앉는다. 그래서 속도감이 무시무시하다. 보고 있으면 주변에 바람이 이는 듯하다. 내려앉은 동고비는 기운차게 먹이를 먹고는 올 때처럼 휙 날아간다. 노랑턱멧새는 아주 가끔 온다. 한 마리가 오면 무리가 있다는 것을 알 수 있다. 주변을 살펴보면 나뭇가지를 옮겨 다니는 멧새가 있다. 멧새도 탁자에 둔 먹이에는 큰 관심이 없는 듯 곧 떠난다. 날아가는 모습에 미련이 하나도 없다. 날아가는 새를 바라보는 왕은 어떤가. 새보다 더 미련없는 표정이다. 오는 새는 막지 않고 가는 새도 말리지 않는다.

왕의 하루는 단조롭다.

새나 고양이와 다를 바가 없다. 자고 쉬고 먹는다. 다른 점이 있다면 먹는 횟수가 드물다는 정도. 삼색이 먹이는 하루 두 번, 탁자 위에 새먹이는 수시로 뿌려 두지만, 왕이 먹는 걸 보긴 어렵다. 왕은 대개 앉아서 시간을 보낸다. 오두막 앞에 의자를 내놓고 앉아 있다. 햇빛 방향을 따라 의자를 옮길 때 외엔 의자와 한몸이다. 삼색이도 왕의 무릎에서 많은 시간을 보낸다. 그래도 새들이 탁자 위로 모일 때는 바닥에 앉아 공격 자세로 기다린다. 한 번도 성공하지 못한 사냥을 늘 준비한다.

**

왕의 부모는 오두막에서 죽은 채 발견되었다.

목줄이 풀린 개를 찾아 숲으로 들어온 근처 식당 주인의 신고로 세상에 알려졌다. 맹추위가 닥쳐오기 전이었다. 숲 바닥엔 떨어진 잎이 두텁게 깔리고 나무에 달린 마른 잎은 엉성했다. 오두막으로 가는 길도 온통 낙엽에 덮였다. 그래서 차라리 길이 살아났다. 한여름 우거졌던 풀이 스러진 위로 떨어진 낙엽이 길을 만들었던 셈이다. 오두막 쪽에서 개 짖는 소리가 들렸고 식당 주인은 낙엽 길을 따라오다 오두막에 도착했다. 개는 오두막 주변을 돌며 짖고 있었다. 그런 오두막이 있다는 것도 몰랐지만 도무지 사람이 살 수 없을 것 같은 곳에 집이 있는 것도 이상했다. 빨리 개만 데리고 돌아서고 싶었지만 그럴 수가 없었다. 개가 너무 맹렬하게 짖었다. 분명히 무언가 있었다. 가장 나쁜 상상을 했을 땐 정말 도망가고 싶었다. 개는 죽어라 짖어대고 상상이 현실이 될까 무서웠다. 그래도 발걸음이 자꾸 오두막 쪽으로 갔다. 문은 닫혀 있었다. 밖에서는 잠금장치가 보이지 않았다. 안에서 잠그지 않았다면 당기면 열릴 것이었다. 나무 손잡이를 잡고 당겼다. 열리지 않기를 바라는 마음이 컸는지 꿈쩍도 하지 않았다. 사실 살짝 힘을 주었을 뿐이다. 그냥 가버릴까. 도망가고 싶었지만 다른 두려움이 그를 붙잡았다. 도망가는 것도 범죄가 될까? 망설이는 중에도 개는 멈추지 않고 짖었다. 귀가 아플 지경이었다. 마침내 힘껏 문을 당겼고 문은 덜컥, 소리를 내며 열렸다.

기겁한 주인은 그 길로 경찰서로 달려갔다.

부모는 사망한 지 일주일 만에 세상에 드러났다.

왕은 그때 워킹 홀리데이 비자로 뉴질랜드에 있었다. 타지에서 부모의 부고를 받은 것이다. 졸업 후 취업 준비생으로 1년을 보내고 또 몇 달을 아르바이트로 어영부영 지내고 있자니 부모한테 면목이 서지 않았다. 더구나 재수로 대학에 들어갔고 중간에 군대를 다녀왔다. 그래서 졸업했을 땐 이미 나이가 찬 실업자가 된 기분이었다. 그런데 곧바로 취업도 하지 못하고 부모한테 얹혀있 자니 좀 답답했다. 진짜 경제적인 독립은 어렵고 독립생활이라도 해야겠다, 궁리 끝에 얻은 타개책이 워킹 홀리데이였다.

뉴질랜드 생활은 그런대로 즐거웠다. 자유롭고 새롭기도 했다. 어느새 1년이 되어가고 있었다. 부모랑 전화 통화로만 지내는 것 이 자연스러워졌다. 가끔 그립기도 했지만 잘 지낸다는 생각만으 로 괜찮았다. 부모는 고향에서, 자신은 뉴질랜드에서 잘 지내고 있었다. 그런 줄 알았다.

왕이 그렇게 생각하고 살았던 내내, 부모는 잘 지내지 못했다. 아니 그랬던 모양이었다. 부모의 죽음을 마주하고서야 그 행적을 거슬러 생각해 보게 된 것이다. 하지만 생각은 아무런 힘도 없었 다. 지금은 생각조차 사라지려 한다. 의자에 앉아 있는 시간이 길어질수록, 모든 것에서 멀어진다. 먹고 싶은 욕구가, 과거의 기억이, 부모의 얼굴조차 멀어진다. 그것이 삶에서 멀어지는 것 이란 생각조차 하지 못한다.

3월의 숲은 하루가 다르게 새 생명으로 술렁이는데,

한 생명은 자리를 내주려 하고 있다.

그리고 왕에게 숲은,

날마다 더 크게, 가까이, 다가온다.

바람 소리는 가슴을 채우고 새소리는 귀에 가득하다.

그래서, 자신이 비어 가고 있다는 것을 몰랐다.

3. 사냥꾼, 사냥감이 되다

왕이 M을 막아선다.

놀란 모양이다. 어두운 길에서 갑자기 앞을 막아서는 사람. 놀라는 게 당연하다. 아무리 밤 외출에 익숙한 M이라도. 누군가에겐 인적이 없어 두려운 공간과 시간일지 몰라도 M에겐 활동하기 안성맞춤인 때다. 사냥감을 찾기에는.

새벽에 가까운 한밤중, 어지간해서 사람을 마주치기 힘든 시각, 다가구 주택이 즐비한, 겨우 자동차가 지나갈 수 있는 길에서 벌어진 일이다.

– 뭐야!

막아선 상대가 자신보다 덩치가 작은 남자인 걸 알고 M이 보인 반응이다. 그리고 상대하기도 귀찮다는 듯 어깨를 스치며 지나간다. 아니, 지나가지 못한다. 왕의 손이 M의 목울대를 잡아채어 가던 방향을 막았고 M은 놀라 왕의 팔뚝을 잡는다. 아니, 잡지 못한다. 팔뚝에 손이 닿기 무섭게 왕은 잡은 목을 힘껏 밀어버린다. M이 저만큼 나가떨어진다. 몸이 날아가는 서슬에 손에 들고 있던 석궁을 놓친다. 석궁은 M의 손을 떠나 어느 집 계단앞에 떨어진다. 왕이 석궁이 떨어진 곳으로 가는 동안 M이 신음을 토해내며 일어난다. 겨우 몸을 일으켜 앉으려는데 발길이 날아온다. 분명히 걸어가는 뒷모습을 봤는데 언제 돌아와 M의 얼굴을 차버린 것이다. 목이 밀려 넘어질 때와 비교할 수 없는 충격이 M을 덮친다. 잠시 혼이 나갈 정도다.

M은 길에 팔다리를 쭉 뻗고 퍼져버린다.

왕이 석궁에 화살을 장전한다.

그리고 뻗어있는 M를 향해 발사한다.

정신이 돌아온 M의 눈이 커진다. 상황을 알아챈 순간, 오른손에 불이 번쩍한다. 화살이 손바닥에 박혔다. 소리를 지를 틈도 없이 왼손에 화살이 꽂힌다. 죽일 셈인가. 아직 화살이 두 발이나 남았다는 생각에 공포가 몰려온다. 이번엔 목을 노릴지도 몰랐다. 다급한 마음에 몸을 일으키려는데 오른쪽 허벅지에, 뒤이어 왼쪽 허벅지에 화살이 꽂힌다. 마지막 화살이 꽂히는 순간엔 한숨이 나왔다. 살았구나, 하는 안도인지, 끝났구나, 하는 안심인지, M도 잘 모른다.

도대체 웬 놈인가.

이 생각은 귀신처럼 나타난 남자가 귀신처럼 사라진 뒤에 들었다.

화살은 손바닥을 뚫었다. 스스로 뽑는 건 불가능이다. 도움을 요청해야 했다. 주머니에 든 스마트폰을 꺼내야 하는데, 하는 생각만 하고 있다. 힘들겠지만 어떻게 할 수는 있을 것이다. 기어이 하려면 못할 일도 아닌데 M은 그냥 누워있다.

집으로 가고 싶었다. 혼자만의 방으로. 하지만 그건 정말 불가능했다. 일어날 수가 없었다. 조금만 힘을 주어도 불타는 듯한 통증에 기절할 것 같았다.

— 아, 씨이~.

M은 힘을 빼버리고 포기한다.

하늘을 향해 누운 꼴이 되었다. 결코 하늘을 보고 싶지 않았다. 환한 하늘은 더구나 싫었다. 웬만하면 한낮엔 외출도 하지 않았다. 그런데 너무나 적나라한 하늘이 눈앞에 펼쳐졌다. 별이 보인다. 어처구니없게도 별빛에 마음이 뺏긴다. 예쁘다는 생각까지 한다. 순간, 어머니 얼굴이 끼어든다.

– 씨팔.

어머니가 떠오르는 순간 자동 발사되는 욕.

별 밤에 어머니 얼굴이 왜 끼어드는지, 어머니 얼굴에 왜 욕이 뒤따르는지, 그 이유를 자신도 잘 모른다. 어머니에 대한 심정은 마냥 복잡하다. 가끔은 불쌍한 마음이 들고 대개는 괴롭히고 싶다. 그리고 그런 자신의 마음은 온통 어지럽다. 아니, 괴롭다. 어머니 탓을 하고 싶은지도 모르겠다. 자신을 이런 혼란의 구렁텅이로 몰아간 사람이 어머니라고.

***

M은 중학교 3학년을 다니다 학교를 그만두었다.

컴퓨터 관련 일을 하겠다고, 그러니 더 이상 학교는 다닐 필요

89

가 없다며, 어머니랑 날마다 싸웠다. 아버지 앞에선 입도 뻥긋 못하고 어머니만 졸랐다. 아버지한테 그 말을 했다간 맞아 죽을지도 몰랐다. 아버진 가정 교육이 곧 매질이라 생각하는 사람이었다. 어떻게 해서든 어머니가 아버지를 설득하게 해야 했다. 그래서 집요하게 어머니만 괴롭혔다. 자주 학교에 결석하고 문을 걸어 잠그고 밥을 굶었다. 사실 프로그래머가 되고 싶었던 것도 아니다. 그만한 능력이 없다는 건 자신이 더 잘 알았다. 진짜 이유는 괴롭힘으로부터 벗어나고 싶어서였다. 말하자면 M은 왕따였다. 하지만 그 말은 하기 싫었다. 부모가 알게 되면 오히려 문제를 키울 것 같았다. 아버지 귀에까지 들어가면 학교로 찾아올 것이고, 사실관계를 확인한답시고 추궁할 것이고, 무엇보다 그런 이유로 학교를 그만두게 될 것 같지는 않았다. 소문만 더 커져 처지가 곤란해질 게 뻔했다. 무엇보다 부모가 M을 한심하게 볼 것 같아 싫었다. 왕따를 당하고 있는 자신조차 자신이 싫은데. 한심한 자식이 되기는 정말 싫었다.

날마다 화장실에 갇히고, 돈을 뜯기고, 옥상에서 처맞는 것을 부모한테 들키고 싶은 자식이 어디 있겠는가. 그 괴로운 생활을 견디기도 힘들고, 부모한테 일러바치는 것은 죽기보다 싫었다.

사실은 부모도 선생도 믿을 수 없었다. 도움을 요청해보지 않았던 것도 아니다. 어머니가 알게 되었을 땐 오히려 더 괴로워졌다. 담임 선생이 알게 되고 괴롭힌 녀석들 부모가 불려오고 놈들은 반성문을 썼다. 그뿐이었다. 놈들은 더욱 집요하고 은밀하게 괴롭혔다. M의 죄가 하나 더 늘었기 때문이다. 고자질. M도 이건 억울했다. 자신은 어머니한테 일러바친 적이 없다. 어머니가 알아챘던 것뿐이다. 등에 선명하게 찍혀있는 발자국 때문이었다. 하복이라 더욱 선명했다. M은 교복 상태를 알지 못한 채 집에 와서 교복을 벗어놓았고 어머니가 세탁하려다 발견했다. 놈들이 엎어놓고 지근지근 밟았던 흔적이 너무나 적나라했다. 누가 봐도 그냥 지나칠 수 없는 흔적이긴 했다. 더구나 자식의 옷이다.

– 이게 뭐냐.

교복을 눈앞에 펼쳐놓고 묻는데 M도 순간 놀랐다. 감추지 못한 당황한 눈빛을 들켜버렸고 어머니는 집요하게 추궁했다. 학교에 찾아가지 않는다는 약속을 받고 고백했다. 그것도 온전히 고백한 것이 아니다. 대부분은 그냥 묻었다. 그런데도 어머닌 약속을 어기고 학교에 찾아갔다. 어머니가 알게 된 것도 한심한데 온

학교가 알게 만들다니.

그래도 아버지한테는 비밀로 했다. M을 위한 처사인지, 어머니가 감당할 자신이 없어서였는지는 모르겠다. 둘 다일 확률이 높았다. 불같은 성격의 아버지가 불같이 화를 내면 한집에 사는 식구들 모두 괴로울 테니까. 어쨌든 멍청한 어머니 덕분에 멍청한 결과만 남았다.

그 일 이후로 더욱 부모도 선생도 믿지 않게 되었다.

쉬는 시간에 담임이 교실에 있는 것도 아니고, 어머니가 학교에 와 있는 것도 아닌데, M은 날마다 학교에 가야 하고, M 곁엔 늘 놈들이 있었다. M도 남자인데 찌질하게 늘 맞고 울며 살고 싶진 않았다. 자신을 구렁텅이에서 구해주지도 못하고, 보호하지도 못하는 어머니가 꼴 보기 싫었다. 자식이 얼마나 괴로운지도 모르면서 밥이나 해주고 옷이나 빨아주는 것이 부모 노릇인 줄 알다니. 어머니도 M만큼 괴로웠으면 싶었다.

학교를 그만두겠다고 했을 때, 어머니는 거의 미친 것 같았다. 그러다 빌고, 어르고, 아양을 떨었다. 그제야 자식 기분을 맞추며 아양 떠는 꼴이라니. 어쨌든 학교를 그만두고 집에 있으려면 어머니 환심을 사고 허락을 받아야 했다. 아버지? 어차피 어머니한테 맡길 게 뻔했다. 한차례 폭풍이 일겠지만, 그 정도는 감수할 각오가 되어있었다. 그리고 아침 일찍 출근해 저녁 늦게 퇴근하니 얼굴 마주칠 일도 별로 없을 터였다.

검정 시험으로 학력을 따고 반드시 성공하겠다며 날마다 진지하게 거짓말을 했다. 그리고 마침내 어머니 허락을 받아내는 날, 어머니는 꼭 약속을 지키라며 M의 손을 잡고 울었다. 씨이발, 지는 언제 약속을 지켰다고, 자식 하나 못 지켜주면서, 속으로 욕을 하고 겉으로는 같이 눈물을 흘렸다. 어머니 마음이 변하면 안되니까. 그리고 그때는 조금 고맙기도 했다.

그날부터 자유를 얻었다.

하루종일 방안에 틀어박혀 컴퓨터 앞에 앉아 있을 수 있었다. 아버지는 매일 직장으로, 어머니는 시간제 아르바이트를 하러 나갔다. 그야말로 집안은 M의 세상이었다. 아무 때나 일어나고 아무 때나 잤다.

1년이 가고 2년이 흘렀다. 분명 원했던 삶이었다. 그런데 날이 갈수록 울분이 차올랐다. 특히 밤에는 더 그랬다. 해가 중천에 뜰 때까지 자니 밤에 잠이 올 리가 없었다.

어머니는 M 앞에서 고분고분했다. 늘 웃는 얼굴로 말을 걸었다. 그것도 거슬렸다. 괜히 소리를 지르고 방문을 닫고 들어가 며칠씩 방에서 나가지 않을 때도 있었다. 밥이라도 먹으라며 애원해도 어머니가 있을 땐 나가지 않았다. 물론 진짜 굶었던 건 아니다. 방엔 언제나 비상식량이 있었다. 과자도 있고 술도 있었다.

가끔 밖에 나갔다가 고등학교 교복을 입은 친구들을 볼 때가 있었다. 멀리서 보이기만 해도 피했고 그런 날은 몹시 화가 났다. 자신이 낙오자 같았고 어머니가 원망스러웠다.

처음으로 어머니를 때렸던 기억은 생생하다.

편의점에서 자신을 괴롭혔던 그놈들과 딱 마주친 날이었다.

삼각김밥을 사러 나간 참이었다.

밤 10시가 넘었는데 갑자기 김밥이 몹시 먹고 싶었다. 그런데 귀찮아 나가기가 싫었다. 어머니한테 시키고 싶었는데 어머니가 늦었다. 밤 근무였던 모양이었다. 그래서 할 수 없이 집을 나섰다.

삼각 김밥 2개와 아이스크림을 들고 계산대로 가다가 놈들과 마주쳤다. 말쑥한 교복 차림이었다. M은 순간 자신을 내려다봤다. 후줄근한 트레이닝복에 슬리퍼. 모습도 한심했는데 더욱 화가 났던 건 마주치는 순간 주눅이 들었다는 것이다.

— 오랜만이다.

— 으.

눈도 못 맞추고 도망치듯이 계산대로 갔다. 뒤에서 웃는 소리가 났다. 편의점을 나오는데 머릿속에서 무엇이 터지는 것 같았다.

엄마 탓이야.

밤늦게까지 오지 않은 엄마 탓이라고.

너만 집에 있었어도 이런 일 없었잖아.

폭발할 것 같은 가슴을 안고 집에 왔더니 어머니가 와 있었다. 막 도착했는지 아직 외출복 차림이었다. 들어서는 M을 보며 웃는 얼굴이 그렇게 꼴 보기 싫을 수가 없었다.

아들이 무슨 일을 당하는지도 모르고 태평하게 웃음이 나오냐?

그대로 뛰어가 허벅지를 걷어찼다.

어머닌 비명과 함께 거실 바닥에 쓰러졌다. 쓰러진 어머니를 올라타고 미친 듯이 패고 싶었지만 겨우 참고 방으로 들어가 버렸다. 우는 소리가 새어 들어왔다. 한참 후에 방문을 두드리는

95

소리. 이야기 좀 하잔다. 턱도 없는 소리다. 들은 척도 하지 않았다.

그 후로는 툭하면 손이 올라갔다. 머리통을 날리고 뺨도 때렸다. 때릴 때는 그런 기분이었다. 맞아도 싸다고. 아들이 이렇게 망가져 가는데 아무런 해결책도 없이 뭘 하고 있는지. 병원에라도 데려가야지. 그런 생각을 하며 때렸다. 자신이 뭔가 잘못되어가고 있다는 느낌도 있었지만 무엇을 어떻게 해야 할지 알수 없었다. 그즈음에 동물을 괴롭히는 동영상을 보는 버릇이 생겼다. 처음엔 끔찍해서 똑바로 보기 힘들었는데 자꾸 대하니 웃으면서 보게 되었다. 꼼짝 못 하고 당하는 꼴이 재미있었다. 그렇게 하루종일 컴퓨터 앞에 앉아 있다가 밤이 되면 밖으로 나갔다.

어머닌 M의 밤 외출을 알고 있다. 물어볼 엄두도 내지 못하고 방에서 귀를 기울이고 있지만. 하지만 석궁을 들고 나가는 걸 아는지는 모르겠다. 석궁은 인터넷을 통해 구매했다. 총처럼 발사되는 석궁을 들고 나서면 장군이라도 된 듯 우쭐해졌다. 밥을 먹고 있는 고양이를 발로 찬다든지, 꼬리를 잡아 던지는 놀이는 이제 졸업했다. 그런 짓을 하려면 살금살금 접근해야 했다. 그 꼴은 이제 졸렬하게 느껴진다. 그리고 소문이 났는지 M의 발걸음 소리만 듣고도 흩어졌다. 그러던 차에 신무기를 만났고 신세계가 열린 것이다. 화살을 장전하고 조준하고 쏘는 맛이 정말 짜릿했다. 화살을 맞고 놀라 펄쩍 뛰는 순간엔 거의 숨이 넘어갈 듯 흥분되었다. 절로 웃음이 비어져 나왔다. 이런 것이 바로 정신의 고양인가, 고양이 사냥이 바로 정신의 고양이군. 혼자 말해놓고 혼자 웃었다.

화살을 맞은 고양이가 쓰러져 도망가지 못하면 그 자리에서 화살을 회수하기도 한다. 하지만 대부분은 화살을 매단 채 미친 듯이 달아난다. 달아나는 뒤를 슬금슬금 쫓는 기분도 괜찮다. 꼭 따라잡을 마음은 없다. 어둡고 구석진 곳으로 몸을 숨기기 때문에 사실 찾긴 힘들다. 그냥 먹이를 찾아 어슬렁거리는 맹수처럼 골목을 누비고 다니는 기분이 그렇게 통쾌할 수 없었다. 밤의 제왕이 된 기분이었다.

***

그랬는데.

제왕이 화살을 맞았다.

고양이를 향했던 화살이 부메랑처럼 돌아왔다.

뼈아픈 고통이 온몸으로 퍼지는데 어머니가 떠올랐다. 화살 맞은 고양이가 겪었을 고통 앞에 왜 어머니가 나타나는지, 그리고 입에선 습관적으로 욕이 나왔다. 언젠가부터 어머니와 욕은 쌍둥이처럼 붙어 다녔다. 그래도 오늘은 좀 다른 점이 있다. 욕과 함께 눈물이 쏟아졌다.

눈물은 낯설었다. 얼마 만인가.

난데없는 눈물이 황당한 M은 바닥에 몸을 맡긴 채 그냥 둔다. 눈물이 그치지 않는다. 눈물 속에 흐려지는 하늘이 보인다. 다리를 채이고 고꾸라지던 어머니가, 허리를 구부려 배를 감싸 안고 자신을 쳐다보던 어머니의 얼굴이, 얼굴에 흐르던 눈물이, 그리고 놈들한테 둘러싸여 맞으며 빌던 자신의 모습이,

하늘에 있다.

힘껏 눈을 감아 눈물을 짜낸다.

별이 총총하다.

별빛 아래에서 자신은 그냥 그대로 사라져도 좋겠다 싶었다.

아무런 욕망이 일어나지 않았다. 의욕이 사라지고 통증이 무뎌졌다. 시간도 생각도 멈추었다. 폐지 모으는 할머니가 나타날 때까지. 기척을 느꼈을 땐 오히려 화가 났다.

차라리 그냥 두었으면 얼마나 좋았을까. 생명의 은인이란 생각도 없다. 병원에 누웠는데 그런 생각이 들었다. 어머니를, 고양이를 괴롭힐 것이 아니라 자신을 죽였어야 했다고. 지금까지는 친구들이, 담임이, 어른들이 죽일 놈이었다. 그런데 이젠 자신이 죽일 놈이었다. 자신이 죽일 놈이 되었다. 그건 의미 있는 깨달음이다. 날마다 경찰이 오고, 질문을 받으며, 그때마다 죽일 놈이 되었다는 현실을 되새겨야 했다.

M을 쏜 남자는 아직 찾지 못했다.

그리고 남자를 목격한 사람은 M뿐이다.

인상착의를 물었지만, 아무것도 떠오르지 않았다. 어둡기도 했지만, 그 동작들이 현실 같지 않았다. 자신이 당한 일인데도 떠올릴 때마다 영화를 보는 듯하다. 가볍고 빠르고 매끄러웠다. 춤을 추듯 그 모든 동작을 해치우고 사라졌다. 나타나는 모습도 사라지는 모습도 보지 못했다. 아니 기억이 나지 않는 것인가. 원망하는 마음은 없다. 누군지, 어떤 사람인지 궁금하긴 하다. 하지만 왜 그랬는지는 알 것 같다. 자신의 행동을 멈추게 하고 싶었던 것이라고.

앞으로 자신은 어떻게 될까.

어떻게 살아가야 할까.

이런 생각이 잠깐씩 스치기도 하지만 대체로 끝 모를 공허감에 빠져 지낸다.

진통제에 취해 잠에 빠지고, 눈을 뜨면 어머니가 있다. 욕이 나와야 하는데 눈물이 난다. 그런 자신이 더욱 싫다. 눈을 감아도 어머니가 있다. 그러면 온 힘을 다해 어머니를 몰아낸다. 어머니를 밀어낸 자리엔 늘 거대한 구멍이 도사리고 있다.

한밤 주택가 골목에서 화살 맞은 청년
폐지 수집하던 노인 신고로 응급실
손과 허벅지에 4발, 생명엔 지장 없어

다가구 주택이 밀집해 있는 골목길에 화살을 맞고 쓰러진 청년이 병원으로 실려 갔다. 4월 5일 새벽 4시경, 서울 성북구 주택가에 양손과 허벅지에 4발의 화살이 꽂힌 채 누워있는 M씨(26세, 무직)를 한 노인이 발견했다. 노인은 근방에 사는 주민으로 폐지 수집 일을 하는데 그날 새벽에도 그 골목을 지나갔다. 골목길은 폭이 넓지 않은 일방통행로로 밤에는 거의 자동차 통행이 없는 곳이었다. 통행이 드물어 혹시 모를 교통사고를 피할 수 있었는지 모르겠지만 청년은 피를 많이 흘려 긴급히 수혈이 필요한 상태였다 한다. 주택가 골목이라 육성이 충분히 닿을 거리에 사람이 살고 있는데도 청년이 왜 소리를 질러 도움을 요청하지 않았는지에 대해선 아직 밝혀지지 않았다. 노인에게 발견될 때까지 의식도 있었고 괜찮으냐 물었더니 고개를 흔들었다 했다. 청년은 화살을 뽑는 수술을 받고 중환자실에서 안정을 취하고 있으며, 목숨에 지장은 없으나 손바닥 뼈가 골절되고 허벅지 근육 손상이 심해 당분간 입원 치료가 불가피하다. 경찰은 가해자를 찾기 위해 동네 CCTV를 조사 중이며 청년이 안정을 찾으면 수사를 이어갈 예정이다.

동네 주민이 제보한 바에 의하면, 최근 길고양이 밥에 약을 타거나 테러를 가하는 일이 자주 있었다 한다. 특히 화살 맞은 고양이를 본 적이 있다는 주민도 있어, 이번 사건과 관련이 있는지 다각도로 수사하고 있다. 청년이 입을 열면 자세한 내용이 밝혀지겠

지만 동네 한가운데서 일어난 끔찍한 사건에 주민들도 불안해하
고 있다.

최배달 기자

나는 어미 고양이

아무리 먹어도 배가 고팠어. 그곳에 가면 먹을 것이 있으니 갈 수밖에 없었지. 난 새끼 가진 어미거든. 겁은 났지. 거기에 있는 걸 먹고 얼마 전에도 친구가 떠났거든. 먹은 걸 모두 게 워내고 밤새 괴로워하다 결국 죽었어. 전엔 그런 일이 없었어. 많은 친구들이 와서 먹고 놀며 느긋하게 쉬던 곳이었지. 그런 데 지금은 얼른 지나가게 되고 밥도 눈치 보며 먹어야 해. 무 서운 놈이 나타났거든. 운이 없으면 걷어차이고 밥그릇이 엎 어져. 아니면 먹고 죽든가. 그래서 발길이 뜸해진 곳이라 나도 썩 내키진 않지만 어쩔 수 없어. 배는 고프고 쓰레기를 뒤져봤자 먹을 수 있는 것이 많지 않아. 못 먹는 것들이 마구 섞여 있기도 하고.

동네를 헤매다 결국은 그곳으로 갔어. 밤이었지. 밥이 소복하게 담겨 있고 물그릇에 물도 있더라고. 방금 두고 간 듯했어. 이렇게 밥을 두고 가는 사람과 밥그릇을 엎어버리는 싸움이 언제부터 시작되었을까. 자꾸 옛날 생각을 하게 되는 날들이었지. 아무 두려움 없이 모여 밥을 먹고 목을 축이던 때가 있었는데 말이지. 맛있는 냄새가 코를 찌르지만 바로 달려가진 않았어. 우선 주변을 살폈지. 아무도 없었어. 분명히. 하지만 가장 중요한 사실을 놓쳤다는 걸 그땐 몰랐어. 한밤중에 밥을 갖다 놓다니, 이상한 일이거든. 밥은 해 뜰 때나 해 질 때에 놓이는데 말이야. 아마 이상한 점을 알았더라도 먹었을 거야. 냄새가 기가 차게 좋고 배가 너무 고팠거든.

살금살금 다가가 냄새를 맡고 먹기 시작했어. 냄새에 이상한 것이 섞여 있지도 않았지. 한 알을 씹고 두 알을 씹고 세 알을 물었을 때 눈에 불이 번쩍 났어. 발길에 차인 줄 알았어. 분명히 아무도 없었는데, 라는 생각 같은 건 할 수도 없었지. 그 자리에서 펄쩍 뛸 정도로 큰 충격이 왔거든. 정신없이 달렸어. 눈

104

앞이 흐리고 이마에 무엇이 붙어서 자꾸 따라왔어. 그래도 달리는 걸 멈출 수가 없었지. 놈이 쫓아 올까 너무 겁이 났거든. 멀리 달아나 어딘가 숨어야 한다는 생각밖에 없었어. 마침내 나무가 많은 공원이 나타났고 평상이 보였어. 평상 아래로 뛰어들었지. 그런데 못 들어가고 나뒹굴었어. 눈앞에 다시 불이 번쩍했지. 그놈이 따라온 줄 알았어. 하지만 바로 일어날 수가 없었어. 한참 동안 땅바닥에서 비척거려야 했지. 겨우 일어나 이마를 쓸었어. 끔찍하게 아팠고 그때 알았지. 이마에 길쭉한 게 박혀 있다는 걸. 건드려도 빠지지 않고 너무 아파 만질 수도 없었어. 평상 다리 곁에 앉아 숨을 돌렸어. 이마에서 시작된 통증이 온몸으로 퍼지고 자꾸 몸이 떨렸지. 발에 차이는 것을 피하면 되는 줄 알았는데, 손에 잡히는 것을 피하면 되는 줄 알았는데, 주변만 잘 살피면 되는 줄 알았는데……. 길쭉한 것은 어디서 왔을까. 보이지도 않는 것이 나를 괴롭힐 수 있는 세상이 무서웠어. 이젠 아무리 배가 고파도 거긴 갈 수 없었지. 그리고 보이지 않는 사람도 무서웠어.

밤새 걸었어. 익숙한 곳을 떠나 생전 처음 맡아보는 냄새를 따라갔지. 사람 냄새를 피하는 방식으로 움직였어. 사람 냄새를 따라 살던 내가 사람을 피해서 가고 있었던 거야. 그렇게 걸어 닿은 곳이 숲이었지. 숲길을 마구 헤치고 나아갔어. 그래도 습관은 무섭더라고. 숲을 헤매다 집을 발견했거든. 집은 사람이 사는 곳이라 피해야 하는데 집을 향해 가고 있었어. 집으로 다가가진 못하고 집이 보이는 풀숲에 엎드렸어. 배도 고프고 지쳐서 잠이 들었나 봐. 해가 언제 떴는지 얼마나 그렇게 있었는지 모르겠어. 햇살을 느끼며 눈을 떴고 이마가 깨질 듯 아팠어. 자꾸 앞이 흐려져 눈을 똑바로 뜨기가 힘들었어. 그대로 앉아 눈을 자꾸 깜박거려야 했지. 그리고 사람을 발견했어. 몹시 놀랐지. 순간 몸이 움찔하며 도망갈 자세를 취하는데 사람 냄새가 나지 않더라고. 이상하지. 왜 사람한테 사람 냄새가 나지 않을까. 냄새가 없으니 덜 무서웠어. 지켜보기로 했지. 사실 몸이 너무 무거워 움직이기도 힘들었거든.

사람은 어딘가에 가만히 앉아 나를 보고 있었어. 눈이 마주쳤지. 순간 도망갈 마음이 완전히 사라졌어. 적이 아니란 걸 알았으니까.

– 야옹~

도움을 요청하는 소리를 냈지. 그래도 아직은 거리를 유지하고

있었어. 나는 새끼를 가진 어미거든. 새끼를 지키려면 아주 신중

해야 했으니까.

철민 숙자의 오두막(1)

이마에 화살 같은 것이 박혀 있었다.

눈을 의심했다. 어떻게 저런 일이. 일부러 쏘았음이 분명한, 다른 말로는 설명할 길이 없는 모습이었다. 그것은 이마 정중앙에 꽂힌 채 고양이와 함께 움직였다.

풀로 뒤덮인 길을 헤치며 왔는데 화살 맞은 고양이라니.

철민과 숙자는 잠시 자신들의 처지를 잊고 고양이 몰골에 마음이 뺏긴다. 이마엔 화살이 불편하게 달려 있고, 배는 땅에 닿을 듯 처져 있다. 새끼를 가진 것이 분명한데, 배만 불룩하고 어깨와 등은 앙상하게 말랐다. 얼마나 굶주린 것인가.

– 야옹~.

고양이는 호소하듯 둘을 쳐다본다.

숙자가 몸을 일으켜 다가가자 고양이는 얼어붙는다. 호소하
듯 울 때는 언제고 긴장한 기색이 역력하다. 그렇다고 도망가
지도 않고 가까이 올 기미도 없다. 시간이 필요할 것 같다. 그
런 생각을 하며 숙자가 도로 벤치에 앉는다. 깡마른 모습을 보
니 무엇보다 먹을 것이 필요해 보이는데 그들이 가진 것이라곤
물뿐이었다.

– 짐승이라도 새끼 가진 것을 굶기면 안 되는데.

숙자가 혼잣말처럼 중얼거리며 철민의 표정을 살핀다. 숙자의
눈을 피하며 벌떡 일어나는 철민의 눈에 눈물이 가득 고여 있다.
철민은 눈을 들어 하늘을 쳐다보며 대꾸한다.

– 고양이 사료나 사러 갈까.

둘은 왔던 산길을 되짚어 나와 마을에서 된장찌개를 사 먹었다.

밥을 먹으며 고양이 이야기를 하고 웃었다. 오랜만에 웃는다는
걸 알았다. 서로 웃는 모습이 낯설었다. 그래도 나쁘지 않았다.

아니, 보기에 좋았다. 밥을 다 먹을 때까지 고양이 이야기만 했다. 누가 그런 나쁜 짓을 했을까. 화살이 분명한데 만든 건 아니겠지. 파는 물건일까. 어디서 산 걸까. 고양이는 얼마나 놀랐을까. 병원에 안 가도 될까. 사료는 아무거나 사도 되는 걸까. 얼마나 굶은 걸까. 마치 침묵이 유지되면 시한폭탄이 터지기라도 하는 듯 말을 이어나갔다.

식당을 나서면서 이야기는 끊어졌다. 마트에 가서 필요한 것들을 사면서도 침묵이 이어졌다. 고양이 사료와 빵과 우유, 물을 사 들고 오두막으로 돌아왔다. 두 번 만에 산길은 아는 길이 되었다. 한 번도 헤매지 않고 바로 찾아올 수 있었다. 산길을 걷는 동안도 둘은 아무 말이 없었다. 과거도 미래도 없는 사람의 표정이 그럴까 싶었다.

눈앞에 오두막이 나타났다.

마치 갑자기 만나게 된 것처럼 오두막을 바라보는 철민과 숙자.

오두막을 찾았던 이유를 잊어버린 걸까. 아니, 처음 오두막에 올 때부터 둘은 입을 맞추지 않았다. 서로 이유를 물은 적도, 말한 적도 없다. 분명히 목적지가 있었지만, 목적은 없었던 셈이다. 그러니 과거는 버리고 미래도 없이 오두막을 찾은 것이라고

나 할까. 그런 두 사람한테 지금 현재가 생겨버렸다.

고양이는 야외 탁자 밑에 앉아 있다. 탁자 아래에서 애처롭게 울고 있는 고양이가 부부의 현재를 만들고 있다. 고양이를 보자 잊어버렸던 목적을 찾은 것처럼 행동이 분명해진다. 산길을 걸어올 때만 해도 영혼을 어딘가에 두고 온 사람들 같았다. 지금은 눈빛이 돌아오고 팔다리의 움직임에 의도가 느껴진다. 빨리 짐을 풀고 사료를 꺼내야 했다. 탁자 위에 봉지를 부리려고 가까이 가니 고양이가 탁자 밑에서 나와 조금 떨어진 풀밭으로 자리를 옮긴다. 그래봤자 거리는 지척지간이다. 겨우 몇 걸음을 옮기더니 멈춘다. 사료 냄새를 맡았는지도 모르겠다. 숙자는 사료 봉지부터 뜯는다. 고양이 귀가 쫑긋한다. 봉지가 열리자마자 몹시 애타게 울어댄다. 마음이 급했다. 사료 담을 그릇이 없어 납작한 돌을 찾아 부어준다. 부어놓고 한걸음 물러서기 바쁘게 다가와 먹는 고양이.

둘은 가까이에서 비로소 이마에 꽂힌 화살을 자세히 본다. 젓가락만 하다. 재빨리 잡으면 잡힐 것도 같지만 그러지 못한다. 어차피 함부로 뽑을 수는 없다. 병원에 데려가야 하겠지만 더구나 그럴 엄두는 내지 못한다. 화살이 꽂힌 채 허겁지겁 사료를

먹는 고양이를 말없이 바라보고만 있다. 이윽고 숙자가 먼저 정
적을 깬다. 사료를 거의 다 먹었을 때쯤이다.

– 그런데 물은 어디에 담아 주어야 하나.

철민이 주변을 둘러본다. 그리고 일어나 풀밭을 한 바퀴 돌더
니 오두막으로 가서 문을 연다.

***

자동차에 실을 수 있을 만큼의 짐만 남겼다.

낡은 자동차와 자동차에 실린 짐, 이것이 그들이 가진 전부였
다. 통장 잔고는 다른 삶을 꿈꾸어 볼 수 있는 금액과 거리가 멀
었다. 그렇다고 죽을 마음을 먹지는 않았다. 사실은 남은 마음이
없었다고 해야 맞겠다. 마음이 없다는 것이 더 절망적인 상태라
는 걸 그들이 의식하지 못했을 뿐이다.

숙자는 그랬다. 죽는다는 공포보다 조용히 죽음을 맞이할 방
한 칸이 없는 처지가 더 두렵게 다가왔다. 옮길 집을 마련하지
못한 채 짐을 이삿짐 창고에 맡겼다. 다시 집을 얻어 짐을 찾아
올 방도 같은 건 없었지만 마구 버릴 수가 없었다. 정들었던 살

림과 이별하는 시간이 필요했던 걸까. 적어도 별거라는 과정을 거쳐야 영원한 이별을 받아들일 수 있었을지 모르겠다. 어찌하였든 숙자의 살림은 적어도 몇 달은 비바람을 피할 수 있는 창고에 있을 터였다. 그렇게만 해도 마음이 좀 나았다. 철민은 부피를 줄여 비용을 아끼고 싶었지만 말하지 못했다. 애지중지하던 살림살이를 지켜주지 못한 죄가 컸다. 철 따라 바꾸어 덮던 이부자리를 만지작거리며 숙자가 밤새 울 때는 차라리 못 본 척했다. 가슴으로 운다는 말을 실감하며 속으로 울었다. 비록 다시 찾을 기회가 영영 오지 않을지라도 '잠시 이별'이란 속임수에 속는 편이 덜 잔인했다. 그렇게 마치 이사 가는 것처럼 꾸린 짐을 창고에 맡겼다.

  트렁크와 뒷좌석을 가득 채운 짐은 도대체 무엇을 기준으로 남겼는지 모른다. 철민은 늘 실려있던 접이식 야전 침대와 작은 텐트, 등산용 의자를 그대로 두었을 뿐이고 나머진 모두 숙자가 챙긴 것이었다. 언뜻 보아도 옷이 대부분이었다. 하긴 어디서 어떻게 살게 될지 몰라도 옷은 갈아입어야 할 터였다.

  짐으로 가득한 차에 탔을 때가 제일 막막했다. 철민이 운전석에 앉아 시동을 걸고 옆에 앉은 숙자를 보았다. 어디로 가지? 소

리 내어 묻지 않았지만 그런 얼굴이었을 것이다. 숙자의 얼굴이
새하얗게 질려 있었다. 숙자도 같은 심정이란 걸 철민은 알았다.
더 머뭇거릴 수 없었다. 철민은 차를 출발시켰다. 어디로든 가야
했다. 아니 갈 곳이 있어야 했다.

　다시는 돌아보고 싶지 않았는데 달리 갈만한 곳이 없었다.
　얼마 만인가. 펜션 자리는 완전히 다른 곳으로 변해있었다.
　펜션으로 가는 길은 수풀이 잠식해 걸어 들어가야 했다. 임도
에 차를 세워 놓고 길 입구를 찾는데도 한참이 걸렸다. 펜션 터
까지 임시로 낸 길은 이제 차가 다닐 수 있는 길이 아니었다. 보
수도 하지 않고 사용하지도 않으니 당연한 결과라고 해야겠다.
철민이 매입한 땅은 길도 없는 맹지였다. 더구나 주인이 몇 명인
지도 몰랐다. 한 마디로 사기에 걸려든 것이다.
　둘은 길이었던 흔적을 따라 그곳을 찾았다. 차에 짐을 그대로
둔 채.
　나무를 베어낸 공터가 나왔을 때는 신기했다. 어디로 사라지지
않고 남아 있다는 것이. A와 했던 모든 계약이 날아갔지만, 땅은
어딘가로 날아갈 수 없었던 모양이다. 불과 얼마 전까지만 해도

가슴 벅찬 희망을 안겨주었던 곳은 그저 묵묵히 둘을 맞이했다.

펜션 두 채에 부부가 살 집 한 채를 지어준다는 조건이었다. 국립 휴양림에 가까워 완공되는 순간부터 손님이 너무 많아 힘들 것이라 했다. 공기 좋고 경치 좋은 곳에서 휴양하며 돈도 벌 수 있으니 그야말로 꿩먹고알먹고였다. 놈의 감언이설대로라면 그랬다. 감언이설에 넘어가는 사람이 어리석은 게 아니라 속지 않을 수 없는 말이 감언이설이었다. 아들을 생각하면 더 달콤한 결단이었다. 지왕이 돌아오면 같이 해도 괜찮겠다. 굳이 직장을 구하지 못해도 걱정이 없겠다. 그런 결정에 무게를 보탠 아들이었지만 부부는 아들한테 알리지는 않았다. 부담될 수도 있겠다 싶었고 싫다 하면 강요할 마음은 없었다. 하고 싶은 일을 찾게 되면 그것도 좋았다.

퇴직금을 전부 들이밀고 살던 집을 팔아야 할 때도 의심하지 못했다. 어쩌면 의심할 수 없었는지도 모른다. 결코 실패하면 안 되는 일이 되어버렸으니까. 처음 시작할 땐 퇴직금만으로 충분한 투자였다. 아니 그렇다고 했다. 거기에서 멈추었다면 어땠을까. 글쎄, 멈출 수 있었을까. 퇴직금은 부부의 전 재산이었다. 사는 집을 재산이라고 생각해 본 적은 없었다. 그건 그냥 터전이었다. 하지만 A한테는 빼먹을 수 있는 자산으로 보였던 게 분명했다. 공사 비용이 자꾸 달라졌다. 손님들의 취향을 운운하며 인테리어의 중요성을 설파했다. 퇴직금이 몽땅 들어간 사업을 그만둘 수 없다는 걸 A는 너무도 잘 알았다. 언젠가부터 A가 부부의 갑이 되어있었다. A가 하는 대로 끌려갔다. 집을 팔고 월세로 옮겨 갈 때는 완전히 목숨을 매단 꼴이 되었다. 불안이 고개를 내밀었다. 그때쯤 속셈을 알아챘을지도 몰랐다. 알면서도 자신을 속이고 있었을지도.

돌아보면 정말 바보였다.

공터에 오두막 하나 덜렁 지어놓았을 뿐이었다. 펜션을 운영하려면 살림과 도구를 넣어둘 창고가 꼭 필요하고 가장 먼저 지어야 하는 거라고 했다. 그리고 앞으로 공사가 커지면 임시 창고로 사용해야 한다고. 나중에야 알았다. 가장 비용이 적게 드는 미끼용 건물이었다는 걸. 트럭을 타고 들어갔던 길도 오두막을 짓기 위한 임시 도로였다는 걸. 허가도 받지 않은.

***

오두막 문을 열었다.

창문 하나 없는 창고다. 그래서 낮인데도 어두침침하다. 열린 문으로 들어오는 햇살에 먼지가 떠돈다. 안엔 살림이라고 할 만한 것이 아무것도 없었다. 먹고 버린 콜라 캔과 생수통 같은 쓰레기가 전부였다. 물론 물을 담을 만한 그릇도 없다. 철민은 생수통을 주워들고 오두막을 나왔다. 위를 잘라내면 물을 담을 수 있겠다 싶었는데 잘라낼 도구가 없었다. 모든 짐은 아직 차에 있었다.

그날,

철민과 숙자는 차와 오두막을 여러 번 오갔다. 야전 침대와 등산용 의자 두 개도 옮겼다. 오두막에서 지내겠다는 생각을 했던 것인가. 그건 알 수 없다. 하지만 분명한 인식이 있긴 했다. 새끼 가진 고양이가 곁에 있다는 것. 그들의 도움이 필요하다는 것. 어제도 미래도 없었지만 고양이 생각은 있었다.

화살 맞은 고양이는 오두막 한구석, 숙자의 겨울 머플러 위에서 새끼를 낳았다. 네 마리였다. 어미는 밤새 힘을 들였고 동이 틀 무렵 탈진한 듯 깊이 잠들었다. 그리고 다시는 제 발로 서

117

보지 못하고 싸늘히 식었다. 눈도 뜨지 못한 채 울어대는 새끼들만 남겨두고. 졸지에 새끼를 떠안게 된 숙자와 철민은 갑자기 바빠졌다. 오두막에 온 지 나흘째 되는 날이었다. 뜻밖에 생긴 일거리가 어떤 자극제가 되었을까. 생각할 겨를도 없이 둘은 마을로 나갔다. 그리고 비로소 아무것도 모른다는 걸 알았다. 둘은 고양이 사료 앞에서 멍하니 서 있었다. 이번엔 어미가 아니라 새끼였다. 그것도 갓 낳은. 지난번엔 그냥 고양이 사진이 있는 포장만 보고 가져갔다. 그런데 자세히 보니 완전히 신세계였다. 사료 종류가 많은 데 놀라고, 다양한 용품에 놀랐다. 고양이를 키워본 적도, 크게 관심을 가져본 적도 없으니 다른 세상에 온 듯 아는 것이 없었다. 고양이 사료 앞에서 엄두를 못 내고 있다가 직원한테 물었다. 다행히 집에서 고양이를 키운다는 직원이 신이 나서 설명을 해주었다. 특히 갓 낳은 새끼 고양이는 고양이 분유를 먹여야 한다고.

지왕이 키울 때도 사보지 않았던 분유와 젖병을 샀다. 아들은 온전히 모유로 키웠으니까. 지왕은 고양이를 키우고 싶어 했다. 하지만 숙자는 집안에 짐승과 같이 산다는 생각을 할 수 없었다. 끝까지 고집을 부리진 않았지만, 중학교 들어갈 때까지도 간간이 뜻을 비치곤 했다. 지금은 어떨까. 아직도 고양이를 키우고 싶은 걸까. 물어보지 않았다. 그걸 물어보지 않았다는 사실이 마음에 걸렸다. 고양이한테 정이 들수록 미안해졌다. 이름으로만 알고 있던 고양이와 키우는 고양이는 완전히 달랐다. 세상에 이렇게 사랑스러운 생명체가 있다니, 하면서 감탄하며 보게 되었다. 무얼 잡으려고 재빨리 움직이는 작은 앞발, 갈구하듯 쳐다보며 천천히 깜박이는 눈, 유연하게 안겨 오는 몸과 한없이 보드라운 털. 고양이와 시간을 보낼 때면 늘 지왕이 옆에 와서 같이 노는 것 같았다.

새끼들을 다 살리진 못했다. 두 마리는 첫날 죽었고, 한 마리는 일주일을 살고 갔다. 어미를 꼭 닮은 삼색 고양이만 겨우 살아남았다. 삼색이라 부르며 아기처럼 키웠다. 별 탈 없이 잘 자랐다. 몇 주가 지나자 오두막을 휘젓고 다니며 놀았다.

어떤 생명한테 오두막은 나날이 좁아지고,
어떤 생명한테 오두막은 점점 넓어졌다.
삼색이 드디어 오두막 밖을 나가기 시작했다.
삼색이가 밖에서 보내는 시간이 길어질수록,

부부는 안에서 보내는 시간이 길어졌다.

어떤 시간은 외부로 팽창하고.

어떤 시간은 내부로 돌아왔다.

그러니,

시간은 흐르는 게 아니라 돌고 있는지도 모른다.

4. 악몽에 굴복하다

놈은 꿈에도 찾아왔다.

아무도 국회의원 J가 당한 일을 믿지 않았다. 말을 할수록, 설명이 길어질수록 자신만 이상한 사람이 되어갔다. 하지만 J에게 실제로 일어난 일이었고 계속되고 있었다. 도무지 이해할 수도, 이해받을 수도 없는 일은 바로 그날 시작되었다.

장관 내정자 청문회가 있었던 날이라 분명히 기억한다. 대통령은 기어이 야당이 반대하는 자를 장관으로 내정했다. 대통령이 그렇게 밀고 나간다면 J 또한 밀리지 않을 자신이 있었다.

국회의원으로서 할 수 있는 일이 있고 다른 복안도 있었다. J의 목표는 내정자의 자진사퇴를 이끌어내는 것이었다. 내정자는 J는 물론 J와 뜻을 같이하는 의원들의 가치관에 부합하는 인물이 아니었다. 그래서 사퇴를 목표로 집요하게 추궁하며 몰아붙였다. 해명이나 설명의 기회를 줄 마음은 애초에 없었다. 오직 질문만 퍼붓는 것이 효과적이란 걸 알기 때문이다. 물론 질문엔 과장된 내용도 있고 상상력도 보탠다. 질문 자체에 부정적인 내용을 얼마나 담느냐가 중요했다. 어차피 해명할 시간을 주지 않을 것이고 국민의 머릿속엔 부정적인 질문 내용만 남을 테니까.

양심에 걸리지 않는가?

J에게 그런 질문을 한다면 어떤 반응을 보일까. 지나치게 순진한 질문이다. 질문에도 효용 가치가 있다면 J한테 그 질문은 무용지물이다. 질문은 사람한테 하는 것이다. 그래도 J의 답변을 들어보자. 사람의 탈을 쓰고 사람 세상에 살고 있으니 어쩌겠는가. 본색을 알아야 대처도 가능하지 않겠는지.

'그건 정치가라면 으레 하는 일 아닌가. 정치판은 어차피 죽고 죽이는 전쟁터. 전쟁에선 수단 방법을 가리지 않고 이겨야 하지.

이기는 자가 역사의 승리자고, 승리하는 자가 언제나 옳은 법. 양심이니 뭐니 하는 건 패배자의 변명에 불과하고, 난 언제나 이기는 전쟁을 했을 뿐. 옳은 것이 양심이 아니라 이기는 것이 양심이지.'

이런 식이다.

자신을 기준으로 세상을 판단하는 유형이다. 학교 다닐 때 커닝 한 번 안 해본 사람이 없다고 믿는 것처럼. J는 커닝도 실력이라고 굳게 믿었던 사람이었다. 나쁜 사람이 자신을 정의롭다고 생각하는 것만큼 무서운 일이 없지만, 세상엔 그런 사람이 있다. J는 그렇게 살았고 지금까지 그런 식으로 성공 가도를 달렸다.

J가 청문회에서 맹활약을 한 건 물론이다.

온갖 비열한 방법을 동원했지만, 내정자는 사퇴하지 않았고, 대통령 재가만 남았다. 비열? 물론 그건 세간에 떠도는 평일뿐 J는 인정하지 않는다. 그리고 세간의 시끄러움은 다른 사건으로 묻으면 그만이다. J에게 '비열'은 '최선'의 다른 말일 뿐이며 임명이 되더라도 끝난 것이 아니다. 제2, 제3의 방법이 준비되어 있다. 그 정도 준비성은 있어야 늘 승리할 수 있다. 승리가 그저 얻어지는 것은 아니라는 걸 사람들은 알아야 한다. 검찰과의 공조가 기다리고 있고 이제 장관 내정자 가족은 물론이고 일가친척, 사돈의 팔촌까지 모두 검찰의 밥이 될 것이었다. 어떤 각오로도 버틸 수 없게 만들 작정이었다.

그런데,

버티지 못한 쪽은 도리어 J 의원이었다.

***

청문회가 열렸던 밤.

12시가 넘어 귀가했다. 술자리가 있었고 좀 취했다.

J는 술에 강했다. 웬만큼 마셔도 비틀거리지 않고 필름이 끊긴 적도 없었다. 그날도 취했지만, 정신이 말짱했다는 뜻이다. 그러니 헛것을 본 것도 아니고 헛소리를 하는 것도 아니다. 하지만 그 사실을 발설하면 헛것이 되고 헛소리가 되었다. J가 생각해도 그렇게밖에 치부할 수 없는 일이긴 했다.

집으로 돌아오자 바로 욕조에 몸을 담갔다.

비서가 미리 귀가 연락을 했고 물은 알맞은 온도로 준비되어 있었다. 술을 먹고 온탕에 몸을 담그는 행위가 위험하다 했지만, 의원은 무시했다. 혹시 욕조에서 잠들어버리는 사태를 염려한다면 의원에겐 해당 없는 염려였다. 그런 적도 없었고 오히려 정신도 몸도 가뿐해졌다.

술을 좋아하고 술자리가 싫지 않다. 하지만 술자리가 길어지면 몸에 달라붙는 옷의 감촉이 끈끈해지며 불쾌해졌다. 끈적하고 무거운 기운에 눌리는 느낌이다. 온탕에 몸을 담가야 비로소 무거운 기운에서 벗어날 수 있었다. 그래서 술자리가 길어질수록, 아무리 늦어도 온탕욕을 하는 것이 J의 오랜 습관이었다.

그날도,

둥근 욕조에 몸을 담그고 눈을 감았다.

온몸의 긴장이 풀리고 정신도 누그러졌다.

아니, 그래야 했는데 숨이 막혔다. 숨을 쉴 수가 없었다. 눈을 번쩍 뜨며 발버둥 쳤다. 맙소사, 얼굴이 물속에 있었다. 어떤 생각을 할 수 있었을까. 그저 미친 듯이 허우적거렸다. 하지만 상황은 달라지지 않았다. 눈앞이 아득해졌다. 익사 직전에 얼굴이 물 밖으로 나왔다.

처음엔 자기도 모르게 잠이 든 줄 알았다. 위험하다는 말이 이 것이었구나, 하는 생각도 스쳤다. 그런 생각이 스친 것과 놈을 발견한 것이 동시였다. 어떤 남자가 욕조 턱에 앉아 있었던 것이다.

– 놀랐어? 내가 그랬어.

분명히 그렇게 말했다. 아직 돌아오지 못한 숨을 헐떡이며 눈에 흘러내리는 물을 훔치고 나니 혼자였다. 남자가 앉아 있었던 욕조 턱은 비어 있었다. 아니 본래 아무도 없었던 것이 분명했다. 목욕탕 문은 꼭 닫혀 있었고 아무 소리도 나지 않았다. 귀신이 아니고서야 그렇게 왔다 갈 수는 없었다. 침입자의 존재를 도저히 믿을 수 없었기 때문에 깜빡 잠이 든 것이라 여겼다. 꿈을 꾼 것이라고. 사람들이 왜 위험하다고 했는지 좀 수긍이 갔다. 이제 음주 후 온탕욕을 끊어야 하나, 잠깐 그런 생각이 들기도 했다.

그 일은 아내한테 말하지 않았다. 해봤자 잔소리만 들을 터였다. 당장 온탕욕을 그만두라고 할 게 뻔했다. 그리고 대통령이 장관 재가를 한 날 밤, 놈이 다시 나타날 때까지 완전히 잊고 있었다.

예상대로 대통령은 내정자를 장관에 임명했고, J의원 측은 다음 작전을 개시했다. 미리 연기를 피워놓았고 계획대로 가족부터 치기 시작했다. 장관 임명식이 있던 날, 장관의 아내가 기소당했다. 털어서 먼지 안 나는 사람도 없지만 먼지가 날 때까지 터는 것이 그들의 방법이었다. 정치는 전쟁이고, 전쟁엔 무조건 이겨야 하니까.

J의 신앙 같은 그런 믿음은 어디에서 온 것일까. 타고난 것이라면 호모 사피엔스에 실망이고 정치판에서 길러진 것이라면 정치판 호모 사피엔스가 끔찍하다. 정확한 이유는 모르겠지만 J와 같은 성향의 호모 사피엔스가 정치판에 많은 것도 현실이었다. 양로원엔 노인들뿐이고, 어린이집엔 어린이뿐이듯 J 주변엔 그런 사람들뿐이었다. 아니, 그런 사람이 아니면 스스로 떠나거나 제거당했는지도 모르겠다.

바쁜 날이었다.

J가 중심에서 대활약을 한 날이기도 했다. 장관을 공격할 공작 내용을 기자들에게 흘리고 검찰 측과 물밑 조율도 해두었다.

거짓말도 자꾸 하면 진짜처럼 믿게 된다. 하지만 진짜가 될 때까진 조심해야 했다. 한순간 실수가 일을 망칠 수도 있다. 물론 망친다고 포기하는 법은 없다. 다시 판을 짤 것이고, 아주 어렵게 돌아가야 하는 수고를 해야 한다. 그러니 원하는 결과를 얻을 때까지 정신을 바짝 차려야 했다. 거짓을 진짜로 만드는 일은 이처럼 신경을 말리는 일이라 집으로 돌아왔을 땐 녹초가 되었다.

국민들은 모를 것이다. 정치판이 이렇게 살얼음판이라는 걸. 세상에 그저 얻어지는 것은 없는 것이다. 하루종일 미디어에 노출되고, 표정 관리를 하고, 머리부터 발끝까지 자세를 가다듬고, 내뱉는 말 한마디 한마디에 집중해야 했다.

집에 들어서자 바로 옷을 벗고 온탕에 몸을 담갔다.

적당한 온도가 몸을 감싸고 금세 기분이 좋아졌다.

그 기분이 공포로 변하는 데 걸린 시간은 단 몇 초.

머리가 눌리며 물속으로 가라앉았다. 버둥거리며 눈을 치켜뜬다. 옆 시야에 놈이 들어왔다. 욕조 턱에 앉아 있었다. 그날의 기억이 번쩍 떠오르며 공포가 밀려왔다. 꿈이 아니었구나. 들이마시는 숨에 물이 밀려 들어왔다. 한참 물을 먹었다. 영원과 같은 시간이 흘렀다. 온갖 장면이 지나갔다. 물고문을 당하다 죽은 자도 지나갔다. 한 번도 마음에 둔 적 없는 사건인데 뜻밖이었다. 의식이 혼미해졌다. 생각조차 끊어졌을 때 얼굴이 물 밖으로 나왔다. 이제 살았구나. 숨을 들이마셨다. 그런데 공기가 들어오지 않는다. 정말 꿈인가. 숨 막혀 죽는 꿈도 있다는 말인가. 이대로 죽는가 싶을 때 공기가 들어왔다. 그리고 기침이 났다. 기침하는 사이에 짧은 숨을 들이쉬었다. 호흡이 돌아왔을 땐 온몸에 힘이 빠졌다. 걸터앉은 놈을 밀어붙이고 싶은데 아무래도 승산이 없다. 호흡과 함께 의지도 돌아왔지만, 의지만으로 될 일이 아니다. 생각을 해야 했다. 다시 물속으로 밀려들어 갈 순 없었다. 그건 정말 두려웠고, 지금 J의 처지는 압도적으로 불리했다. 미끄러운 욕조에서 벌떡 일어나기도 어려울 뿐 아니라 놈이 두고 볼 리도 없다. 섣불리 움직였다간 다시 강제 입수를 당할 것이다.

그런데 도대체 어떻게 들어왔을까.

보안 시스템이 작동하고 있는 집이다. 아니, 욕실 문도 열리지 않았다. 백번 양보해서 잠깐 잠이 들었다 쳐도 이해하긴 어렵다. 아무 소리도, 어떤 침입의 낌새도 없었다. 밤잠도 아닌 잠이 그렇게 깊을 수가 없다. 정말 답답한 것은 정말 잠이 들지 않았다는 것. 그래 좋다. 귀신처럼 잠입하는 기술을 익힌 놈이라 치자. 이미 그런 놈이 이 안에 있다. 그렇다면 침입의 이유가 있겠지. 이유가 있다면 협상이 가능하다. J의 생각이 거기까지 갔을 때였다.

– 협상은 없다.

놈이 J의 마음을 읽은 듯 그렇게 말했다.

역시 원하는 것이 있었다. 그럼 그렇지. 귀신일 리가 없지 않은가. 철저하게 준비를 했겠지. 귀신처럼 잠입한 걸 보면 작정하고 기획한 작당 세력이 분명히 있겠지. 도대체 누가? 언뜻 떠오르는 인물이 없는 것이 오히려 불안하긴 했다. 하지만 협상을 시작하면 저절로 드러날 터였다.

– 원하는 게 뭐야?

– 네가 하는 짓을 멈추고 네가 했던 짓을 세상에 밝혀.

– 내가 뭘?

– 그건 네가 더 잘 알지.

– 도대체 무슨……

J는 말을 맺지 못하고 물에 잠겼다. 이성이 마비되는 대혼란의

아수라장 속에서도 삶에 대한 본능은 작동했다. 가물거리는 의식을 붙잡으며 젖먹던 힘을 다해 몸을 일으켰다. 물 밖이었다. 머리를 누르던 손이 사라지고 없었다. 목욕탕엔 J 혼자였다. 한참 기침을 하고 더 한참 동안 호흡을 가다듬어야 했다. 놈은 또 거짓말처럼 사라졌다.

그날부터 온탕욕을 끊었다. 그리고 아내한테 그놈 이야기를 했다. 큰 결심을 한 실토였는데 아내 반응은 시큰둥했다. 술 먹고 온탕욕 하지 말라니까. 잠들었네, 뭘. 어느 정도 짐작한 그 반응이 한편으로 위로가 되었다. 정말 꿈인가? 하는. 그래도 그런 악몽은 그만 꾸고 싶었다.

그런데 정말 악몽이 시작된 것이다.

J는 밤마다 물에 잠기는 꿈에 시달렸다. 깨어나면 요가 흠뻑 젖어있을 정도로 땀을 흘렸다. 꿈이 너무 생생해 실제와 구분이 되지 않았다. 밤마다 물고문을 당하는 것과 마찬가지였다. 숨이 턱에 차고 의식을 잃을 즈음에 잠에서 깨어났다. 그리고 놈은 밤마다 같은 말을 했다.

'네가 하는 짓을 멈추고 네가 했던 짓을 세상에 밝혀.'

꿈에만 나타났다면 어땠을까. 그랬다면 악몽을 치료하는 방법을 찾았을까. 정신과 치료를 생각해 보았을까. 어떻게든 이유를 찾고 치료 방법을 강구했을지도 모르겠다. J는 평생 불면을 모르고 살았다. 꿈도 없는 깊은 잠을 잤다. 기억하는 꿈이라곤 손가락으로 꼽을 정도다. 꿈자리가 뒤숭숭하다느니 하는 사람을 나약한 인간이라며 멸시했다. 그런 J가 꿈 따위에 굴복할 순 없었을 것이다. 그러나 악몽 같은 일이 대낮에도 일어났다. 눈뜨고 꾸는 악몽이 꼬리를 물자 불안이 커졌다. 원인도 밝혀지지 않는 사건이었다. 그래서 대비할 방법도 없었다. 불안은, 강철같았던 J의 심리도 위축시켰다. 쥐도 새도 모르게 죽을 수도 있겠단 생각이 들기 시작했다. 너무 어처구니없는 사고에 비서들도 덩달아 긴장했다.

며칠 전에도 자동차에서 내리다 시멘트 바닥에 납작하게 엎어졌다. 비서가 차 문을 잡고 서 있었고 J가 밖으로 한 발을 내밀었을 때였다. 엉덩이가 아직 시트에 있었는데 누군가 머리를 잡아당겨 바닥에 내동댕이쳤다. 아니, 그런 느낌이었다. 아무도 머리를 잡아당긴 놈을 보지 못했으니 그렇게 말할 수밖에 없다. 비서는 차 안에 있던 발이 걸렸던 것이라 했다. 누가 봐도 그랬다. 하지만 아니었다. 발이 걸려서 그런 참혹한 결과가 나올 수가 없다. 차에서 바닥까지 높이를 생각하면 말이 되지 않는다. 몇 미터 높이에서 추락한 듯한 충격이었지만 J의 말은 헛소리가 되었다. 아무도 의원 말을 믿지 않는 눈치였다. 분명 누군가 지나갔다며 소리를 질렀을 때는 다들 눈을 피했다. 혼자 미친놈이 되어가고 있었다.

눈썹 위가 찢어져 여러 바늘을 꿰매었고 눈 주변과 뺨이 흉하게 부었다. 당분간 공식 석상에 얼굴을 내밀기 어려웠다. 사고를 곱씹으며 집에서 며칠을 지냈다. 친한 의원한테 일로 전화하는 척 슬며시 사고 이야기를 했더니 신경과민이란다. 그런 이야기를 들었다면 자신도 똑같이 대답했을 것이다. 밖으로 꺼내놓고 말로 설명하니 더욱 황당했다. 아무도 본 사람이 없고 그래서 누구의 도움도 받을 수 없는 일을 혼자 겪고 있었다. 그래도 이번처럼 큰 상처를 입은 것은 처음이었다. 계단을 내려오다 구를 뻔했을 땐 마침 비서가 잡아주었고, 의자에 앉다가 바닥에 주저앉았을 땐 카펫이 깔려있어 뼈는 괜찮았다. 그렇지만 이해할 수 없는 사고였다. 계단을 잘못 디딘 게 아니라 누군가 등을 밀었다. 뒤를 따라오는 사람들이 많았지만, 그 사람들한테 밀린 것이 아니었다. 순간적으로 힘을 주어 미는 어떤 힘이 있었다. 옆을 지키는 비서가 아니었다면 그대로 계단 아래로 날아갈 위력이었다. J를 잡은 비서도 휘청할 정도였다. 그렇다고 뒤에서 누가 밀었다고 할 수도 없는 노릇이었다. 그럴 리도 없고 혹 누군가 앙심을 품었다 해도 그렇게 공개된 장소에서 할 리가 없지 않은가. 그런데 분명히 J는 어떤 힘에 밀렸고 그 힘을 아무도 보지 못했다. 그래서 J가 하는 말을 믿는 사람도 없었다.

의자에 앉으려다 바닥에 주저앉았을 때도 마찬가지였다. 잠깐 엉덩이를 들었다 놓았을 때였다. 앉아 있던 의자에서 엉덩이만 들고 멀리 놓인 보고서를 당겼을 뿐이었다. 다리는 이동도 하지 않았다. 보고서를 들고 바로 앉았는데 바닥이었다. 믿고 앉은 의자가 배신한 기분이었다. 정말 엉덩이가 깨지는 줄 알았다. 허리에도 큰 충격이 와서 잠시 꼼짝도 할 수 없었다. 의자는 뒤로 빠져 있었다. 아무도 믿지 않을 일을 J는 당하고 있었다.

**

믿을 수 없는 일을 계속 겪으면 새로운 믿음이 생긴다는 걸 알았다.

J에겐 이제 확고한 믿음이 생겼다. 놈이 존재한다는 믿음. 아무도 그놈을 막을 수 없다는 믿음. 보이지 않는 놈을 막을 방법은 없다는 믿음. 그리고 그놈 말대로 하지 않으면 쥐도 새도 모르게 죽게 되리라는 믿음.

목숨이 위태로워지자 모든 게 부질없었다. 살아야 했다. 오직 그 생각밖에 없었고 약속도 했다. 지난밤 꿈속에서 한 약속을 아침에 일어나 다시 했다. 놈이 보이지 않는 데도 고개 숙여 빌었다. 약속대로 하겠다고. 숙인 얼굴에서 피가 떨어졌다. 이불에 선명하게 번진 핏자국에 몸이 떨렸다.

'네가 하는 짓을 멈추고 네가 했던 짓을 세상에 밝혀.'

뚜렷한 그놈 목소리와 함께 악몽이 시작되었다. 물에 잠겼고 숨을 쉴 수가 없었다. 의식이 가물가물했다. 꿈에서도 꿈이 깨기를 애타게 기다렸다. 의식을 잃기 전에 꿈에서 깨어나는 걸 알기 때문이다. 수도 없이 꾼 꿈이라 알 수 있었다. 그런데 깨어나지 않았다. 깨어나지 않는 악몽이 계속되었다. 지옥이 떠올랐다. 그건 지옥이었다. 불에 타면서도 죽을 수 없는 지옥. 공기를 들이

마실 수 없는데도 숨이 끊어지지 않는 지옥. 언제까지나 그렇게 살아야 한다면 죽기를 빌어야 했다. 죽는 것이 복이 될 수 있는 곳이 지옥이었다.

– 제발 죽여줘.

그런 소리가 들렸다. 꿈에서 깨어나면서 자신이 한 말이라는 걸 알았다. 소리와 함께 눈을 떴다. 드디어 꿈에서 나왔다. 안도의 숨을 쉬며 몸을 움직였다. 그런데 아니었다. J의 몸은 아직 욕조 속에 있었다. 침대가 아니었다. 그리고 욕조 턱에는 놈이 앉아 있었다. 이게 무슨 일인가. 꿈이 아니었나. 숨을 헐떡거리며 생각을 해보려고 애를 썼다. 놈의 손이 이마 어딘가를 눌렀다. 터져서 바늘로 꿰맨 자리였다. 상처가 터지며 피가 흘렀다. 찝찔한 것이 입으로 흘러들었다. 피 냄새가 탕에 번졌다. 냄새를 맡은 것도 잠시, 얼굴이 다시 물속에 잠긴다. 이럴 수는 없었다. 미친 듯이 몸부림쳤다. 얼굴이 물 밖으로 쑥 나왔다. 그 순간을 놓치지 않고 절규하듯 외쳤다.

– 할게. 말대로 할게.

– 어떻게?

– 내가 하는 짓을 멈추고 내가 했던 짓을 밝힐게.

136

– 약속한 거지?

– 약속합니다. 약속합니다.

그 소리에 잠이 깼다. '약속합니다.'를 반복하고 있었다. 이번엔 정말 침대 위였다. 얼마나 안심이 되었는지. 다시 욕조였다면 그대로 혀를 물고 죽어버렸을 것이다. J는 몸을 일으켜 앉았다. 앉아서도 중얼거렸다. 하겠다고. 약속한 대로 하겠다고. 상처에서 피가 흘렀다. 꿈이 꿈이 아니었다. 꿈이 현실로 이어졌다. 진짜 목숨이 걸린 문제였다. 목숨이 이렇게 무서운 것이라는 걸 J는 이제야 깨달아가고 있었다.

목숨은 장난의 대상이 아니었다.

목숨은,

목숨 걸고 지키고,

지켜주어야 할,

생명의 숨이었다.

*****

권력자의 과대망상은 위험하다.

더구나 잘못된 역사관을 가진, 인격이 파괴된 정치가의 과대망상은 수많은 사람을 지옥으로 밀어 넣을 수 있다. 자신의 과대망상을 알아채는 사람이 어디 있을까. 알고 저지르든 모르고 저지르든 결과는 마찬가지겠지만. 그래서 더욱 국회의원 J의 행보를 막고 싶었다.

　J는, 신분은 태어나면서부터 정해진 거라는, 피부색에 따라 우열이 정해진 거라는, 모든 자연이 그저 인간을 위해 생겨난 것이라는, 그릇된 믿음이, 자신에 대한 신념이, 과대망상인 줄 모르는 자였다. 그래서 J에게 생명의 가치는 아주 달랐다. 어떤 생명은 어떤 생명을 위해 사라져도 좋았고, 어떤 사람은 어떤 사람 아래에 있는 게 당연했고, 어떤 나라의 무력 침략이 다른 나라 국민의 생명을 살상해도 정당했다. J의 과대망상 속 존재는 원래 평등할 수가 없으니까. 그래서 사람 위에 군림하고, 또 스스로 사람 밑으로 기어들어 갔다. 그런 자가 정치를 하는 건 재앙이다. 혼자 누구 밑에 기어들어 가는 건 어쩔 수 없지만, 대중을 이끌어 가게 둘 수는 없었다.

J 국회의원 폭탄급 기자회견
장관 가족 털기는 검찰과 사전 조율
언론, 기자와도 미리 입 맞춘 작품

4월 18일 있었던 J 국회의원 기자회견이 전국을 들끓게 하고 있다. 회견에서 밝힌 내용은 국가의 근간을 흔들 정도로 충격적이었다. 장관 청문회 과정에서 드러난 온갖 폭로가 장관을 사퇴시키기 위한 조작임을 고백한 것인데, J 의원의 말이 사실이라면 검찰과 언론, 기자들에 대한 대대적인 수사로 이어질 수밖에 없기 때문이다. 법을 만들고 법을 지켜야 할 국회의원이 법을 흔들고 법 위에 군림했으며, 나아가 국민의 안전과 생명에 위협이 되는 일을 벌였다는 충격적인 양심선언에, 기자들도 처음엔 긴가민가했다.

의원의 설명이 끝난 뒤 질의응답 시간이 주어졌고 기자들의 질문이 이어졌다. 의원은 반성하는 의미에서 모든 질문에 성실히 답변하겠다며 시간을 넘기면서까지 답을 했다. 그래서 1시간 예정이었던 회견은 2시간을 훌쩍 넘겼다. 회견은 전국에 생중계되었고 더 당황한 쪽은 의원이 소속된 야당이었다. J 의원의 기자회견은 야당 쪽에서도 미리 알지 못한 듯 아무런 해명을 내어놓지 못한 가운데, 야당

대표는 J 의원 회견 내용은 당과 관계없다며 선을 그었다.

　J 의원의 기자회견으로 장관 가족에 대한 수사는 새로운 국면을 맞이하게 되었으며 성난 국민들은 광장으로 나와 공명정대한 진상 규명을 요구했다. J는 진상을 밝히는 수사에 적극 협조하겠다며 그동안 올바른 판단과 행동을 하지 못한 것에 깊이 반성하며 모든 공적인 직위에서 물러나겠다고 밝혔다.　**윤겨레 기자**

철민 숙자의 오두막(2)

숙자가 숨을 쉬지 않았다.

새벽이 오기도 전이었다.

죽은 듯 고요한 정적에 눈을 떴다.

한 생명이 흩어지는 고요였다.

보지 않고도 알았다.

마치 기다린 듯 마음이 편했다.

적막이 흐른다.

문 긁는 소리가 정적을 깬다.

그렇다. 삼색이가 있었다.

그 녀석과도 헤어져야 할 시간이었다.

아기 티를 벗은 삼색이는 오두막보다 밖에 있는 시간이 더 길어졌다. 시도 때도 없이 나가고 싶어 한다. 하지만 밤엔 내보내지 않았다. 아직 혼자 밤의 숲을 탐색할 정도는 아니다. 어른 고양이가 되려면 시간이 더 필요했다. 그래도 새벽에 문을 긁으면 내보내 주었다. 오늘 새벽에도 철민은 문을 열어주었다. 문 앞에 코를 박고 있던 삼색이는 뒤도 돌아보지 않고 문을 빠져나갔다. 삼색이 어스름 속으로 사라지는 것을 잠시 지켜보던 철민이 사료 포대와 물그릇을 오두막 벽 앞에 내놓았다. 그리고 문을 닫았다. 보통은 삼색이 드나들 수 있게 한 뼘쯤 열어둔 채로 돌을 괴어놓았는데 그러지 않았다. 이제 그럴 수 없었다.

***

좋은 계절이었다.

숲은 기다렸다는 듯 단풍이 들었다. 밤이면 쌀쌀해지는 것 외엔 괜찮았다. 삼색이도 탈 없이 잘 자랐다. 그저 삼색이를 먹이고 재롱을 보고 숲의 변화를 살피는 것이 일이었다. 하늘은 높고 햇볕은 맑았으며 나뭇잎은 하루가 다르게 색을 달리했다. 풀 숲에는 작은 새들이 하루종일 날아들고 날아올랐다. 날마다 보고 있으니 작은 새가 다 참새는 아니란 것도 알게 되었다. 참새보다 작은 새들도 많았고 머리 장식도 깃털 색도 달랐다. 지왕은 저 작은 새들을 구분할 수 있을까. 초등학교 때는 새를 관찰한답시고 휴양림에 갈 때마다 망원경을 들고 가곤 했다.

철민과 숙자는 하루 한 번 마을로 가 밥을 사 먹고 빵이나 떡을 사 들고 돌아왔다. 가을로 들어서는 숲길은 아름다웠다. 불편한 것이 많았지만 겉으로 보이는 시간은 평화로웠다. 추위가 닥쳐오고 숙자가 앓아눕기 전까지는.

추위에 대비해서 한 일이라곤 차에 실려있던 텐트를 오두막으로 옮긴 것뿐이었다. 9월에도 숲속의 밤은 몹시 쌀쌀했다. 낮에는 반소매 티셔츠로도 충분했지만, 밤엔 스웨터를 입고 자야 했다. 차에서 짐을 옮겨 올 때 텐트를 챙기지 않았던 것은 고의였다. 트렁크 안 깊숙한 곳에 있는 텐트를 철민은 못 본 척 그냥 두었다. 지왕이 어릴 때 휴양림에 들고 다니던 작은 텐트였다. 텐트에 들어가는 걸 좋아해서 거실에 펴놓기도 했던 것인데 내내 자동차에 실려있었다. 지왕은 이제 그 텐트를 잊어버렸을 것이다. 철민도 그동안 잊어버리고 살았다. 일이 계획대로 되었다면 새 차로 바꿀 때 처리했을지도 몰랐다. 하지만 오래된 차 안에 오래된 텐트가 그대로 남았다.

－ 텐트를 치면 좀 낫지 않을까.

숲에 온 지 한 달이 채 되지 못했을 때였다. 숙자는 해뜨기 무섭게 오두막 밖에 의자를 내놓고 앉아 있었다. 몸을 떨며 팔을 부비는 숙자 옆에 앉으며 철민은 지나가는 말처럼 그렇게 말했다. 반응이 걱정되었는데, 아무 말도 하지 않는 숙자 표정은 담담했다. 그리고 대꾸 없는 것을 긍정의 표시라 생각했다. 그날, 마을로 나가 밥을 먹고 오는 길에 텐트를 가지고 왔다. 텐트를 꺼내는데 울컥, 눈물이 올라왔다. 텐트를 들고 돌아서니 숙자는 이미 오솔길로 들어서고 있었다. 미리 가준 것이 고마웠다. 철민은 걸으면서 마음 놓고 울었다. 저 앞에 숙자의 등이 울고 있었다. 거리를 좁히지 않도록 천천히 걸었다. 오두막에 도착했을 땐 눈물이 말랐다. 먼저 간 숙자는 삼색이와 놀고 있었다.

텐트 안에 야전 침대를 들여놓고 누우니 사람의 온기로 제법 훈기가 돌았다. 정말 집처럼 아늑해서 둘은 웃었다. 약속이나 한

듯 지왕이 이야기는 하지 않았다. 지왕은 잊었다. 잊어야 했다. 자식한테 해줄 수 있는 것이 그것밖에 남지 않았다. 그리고 둘은 살아갔다. 살겠다고 마음을 먹은 건 아니었다. 살아있으니 살았다. 시간은 흐르고 가을이 깊어졌다. 숲이 날마다 화려해지나 싶더니 물기가 사라졌다. 바람이 불면 마른 잎이 내는 소리가 요란했다. 자고 나면 낙엽이 수북하게 오두막 주변을 덮었다. 둘의 모습이 낙엽을 닮아갔다. 물기가 마르고 어두워진 안색이 사방에 떨어진 낙엽 같았다. 둘이 오두막 앞 의자에 앉아 있으면 언뜻 낙엽 속에 스며든 것처럼 모습이 흐려졌다.

***

몸을 일으키는 데 한참이 걸린다. 자꾸 눈앞이 깜깜해진다. 바닥에 내려서는데 발밑이 흔들린다. 며칠 전부터 그랬다. 처음엔 지진이 났나 싶었다. 사실 숙자가 먼저 그런 소리를 했다. 땅이 흔들려 어지럽다고. 마치 술 취한 사람처럼 흔들흔들 걸었다. 하지만 한사코 병원에 가길 거부했다. 사실 철민도 그런 아내를 한사코 병원으로 데려갈 만한 힘이 남아 있지 않았다. 자주 눈앞이

까매졌고 누굴 부축해 걸을 수 있는 처지가 아니었다. 아니 그건 변명이다. 병원에 가려면 진작에 갔어야 했다. 아니, 그것도 진실은 아니다. 죽으려고 작정하지 않고서야 일흔에 가까운 노인들이 난방도 되지 않는 집에 머물진 않았을 것이다. 11월에 접어들자 숲속의 밤은 한기가 뼈를 찔렀다. 그렇게 지낼 순 없었다. 그래도 무슨 심정인지 여관방에 들긴 싫었다. 적어도 그럴 돈은 있었다. 얼마 안 되지만 차를 판 돈도 있었다. 차는 텐트를 꺼내 오고 얼마 후 넘겼다. 돈을 만들기 위해서라기보다 주인의 의무를 다하고 싶어서였다. 비바람 속에 언제까지 방치해둘 수는 없었다. 차를 처리하고 나니 할 일을 마친 듯 홀가분했다. 그리고 사회와 관계 맺는 일은 하지 않았다. 휴대폰도 더 이상 쓰지 않았다. 충전하지 않은 지 몇 주가 지났다. 그냥 사람이 사는 곳에 살 자신이 없어졌는지 모르겠다. 아니면 희망을 품기 싫었는지도. 다른 어떤 삶의 희망도.

결국 예상하고도 남을 일이 일어났다.

숙자가 시름시름 앓기 시작했다. 미열이 떨어지지 않았다. 약국에서 약을 사 와서 먹였는데 토했다. 한 번 먹은 뒤로 먹을 수가 없었다. 토하고 나서 기운이 급격히 떨어졌다. 그즈음부터 땅이 자꾸 흔들린다고 했다. 그날부터였는지 모르겠다. 철민은 기다렸다. 무엇을 기다렸는지 몰랐는데, 방금 깨달았다. 이번 생의 끝을 기다리고 있었다는 걸. 숙자가 숨을 쉬지 않는다는 걸 감지한 순간의 평화가 그걸 말해주었다. 그리고, 이제 홀가분하게 따라갈 일만 남았다.

머리를 숙이고 기다시피 텐트 밖을 나온다.

문 앞에 앉아 있는 삼색이가 희미하게 보인다. 문을 향해 걸어가는 길이 한없이 길다. 좁은 오두막이 언제부터 이렇게 넓어졌던가. 문을 밀었다. 열리지 않는다. 몸을 실어 다시 민다. 덜컥, 문이 열리고 삼색이가 재빨리 빠져나간다. 어슴푸레한 빛이 숲에 깔려있었다. 잘 살아라. 풀숲으로 사라지는 삼색이한테 작별 인사를 한다. 그리고 사료 포대를 밖으로 끌어내 오두막 벽에 기대어 놓고, 물그릇에 물을 가득 채워 사료 포대 옆에 놓아두었다. 그걸 하는 데도 숨이 차고 진땀이 난다.

안으로 들어와 오두막 문을 꼭 닫는다.

열린 문으로 비치던 희미한 빛이 사라지자 오두막 안은 완전한 어둠에 싸인다.

철민은 어둠을 더듬어 침대로 간다.

그리고 숙자 옆에 눕는다.

해가 솟아오르며 기온도 쑥 올라갔다.

나무 그림자가 어른거리는 풀밭.

흔들리는 그림자를 향해 기운차게 뛰어오르는 삼색이.

한낮이 되어도 오두막 문은 열리지 않았다.

5. 악행, 강제종료되다

엘리베이터에서 내려 곧바로 수위실을 들여다본다.

수위 임씨는 오늘도 출근하지 않았다. P는 아쉬워하며 돌아선다.

– 벌벌 떠는 꼴을 보고 싶었는데.

마치 맛있는 음식을 두고 돌아서는 것처럼 입맛까지 다시며 중얼거린다. 그런데 웬 놈이 앞을 가로막고 있다. 왕이다. P가 왕의 존재를 알 리가 없다. 그저 길이 막혀 열이 확 오른다. 안 그래도 어디 화풀이할 데가 없나 하던 참이다. P는 빛의 속도로 왕의 몸을 훑는다. 아무리 열이 뻗쳐도 함부로 시비를 붙을 수는 없다.

지는 싸움은 하지 않는다는 신조로 살아왔고 맞는 것은 딱 질색
이다. 지금까지 아버지한테 맞은 것으로 충분하다. 개같이 얻어
터지며 싹싹 빌었던 생각만 해도 뚜껑이 열린다.

중학교 때까지 P는 학대당했다. 그것도 아버지한테. 맞았다
는 말로는 모자란다. 물론 그때는 학대라는 말은 잘 쓰지 않았
다. 하지만 요즘 말로 그건 분명 아동학대였다. 몽둥이는 사랑
의 매라고 쳐준다 해도 주먹은 무어란 말인가. 눈이 튀어나오
도록 뒤통수를 후리고 가슴을 밀었다. 몽둥이로 엉덩이 맞는
것은 차라리 양반이었다. 그래도 얼굴에 상처를 내는 일은 극
히 드물었다. 아버지란 작자는 결코 감정에 못 이겨 P를 때린
게 아니었다. 나중에 그런 말을 했을 때 믿을 수 없었다. P가
대항을 하며 팔을 잡았을 때 그렇게 말했다. 이놈아, 내가 너
잘되라고 그런 거지 미워서 때린 건 아니다. 자식 문제에 감정
이 앞서는 게 부모다, 라고. 감정이 앞선 사람이 어떻게 상처
가 보이지 않을 곳을, 멍이 잘 들지 않을 곳을 골라서 때린단
말인가.

아버지는 이중인격자였다. 밖에서 받는 평판과 집에서 하

는 행동은 완전히 달랐다. 폭군 그 자체였지만 아무도 P의 말을 믿지 않았다. P는 고등학생이 되면서 몸이 확 자랐고 반항을 했다. 몽둥이를 든 아버지 팔을 잡고 놓지 않았는데 그날부터 폭력에서 해방되었다. 아버지는 팔이 잡힌 채 변명 아닌 변명을 했다. 사랑해서 어쩌구 부모 심정이 어쩌구. 그게 어쩌면 때린 것에 대한 사과였는지도 모르겠다. 아니면 아들의 완력이 두려웠는지도. 어머닌 더 오랫동안 폭군 밑에서 신음했다. 겉으로 보면 귀부인인데 빛 좋은 개살구였다. 좋은 옷과 장신구로 엄마를 포장했을 뿐이다. 오직 남의 눈을 의식한. 어머닌 멋대로 쓸 수 있는 돈도, 멋대로 쓸 수 있는 시간도 없었다. 일일이 보고하고 허락받는 돈과 시간만 주어졌다. 그렇게 노예처럼 살아도 매는 피하지 못했다. 도대체 무슨 이유로 맞아야 하는지 P도 알 수 없었다. 아버지가 일찍 죽지 않았다면 어머니가 먼저 맞아 죽었을지도 모르겠다. 아버지가 교통사고로 갑자기 세상에서 사라졌을 때 어머니는 많이 울었다. 그런 놈이 죽었는데 슬퍼하는 어머니가 이상했다. 나중에 어머니가 그런 말을 했다. 지난 세월이 서러워서 그랬다고, 맞고 살 때는 눈물도 잘 나오지 않았다고. 아버지가 죽고 어머니는 그날부터 팔자가 폈

151

다. P가 보기엔 그랬다. 아버진 돈이 많았고 그 재산을 다 두고 죽었으니까.

　P가 대학 졸업을 앞둔 겨울이었다. 대학을 다니면서 거의 집에 오지 않던 P가 집으로 들어왔던 겨울이기도 했다. 아버지가 사라진 집에선 아무런 일도 일어나지 않았다. 그리고 졸업을 하자 정말 할 일이 없어졌다. 충실한 학생은 아니었지만, 학교는 놀이터이기도 했던 모양이었다. 집은 심심할 만큼 평화로웠다. 심심하다고 무얼 할 마음도 없었다. 아무런 방해물 없이 편히 먹고 잘 수 있는 집에서 마냥 빈둥거렸다. 어머니가 취업 이야기를 했을 땐 하고 싶은 일이 없다고 잘라 말했다. 단호한 대꾸에 어머니가 움찔했다. P는 그 모습에서 자신을 보았다. 과거 아버지 앞에서 떨고 있던 어린 자신을. 오랜만에 아버지가 떠올랐고 이상한 분노가 치밀었다.

　어머닌 취업 이야길 다시는 꺼내지 않았고 임대주고 있는 건물 1층에 카페를 차렸다. 경양식집을 하는 외삼촌의 도움이 없었다면 엄두를 내지 못했을 것이다. 결혼한 뒤로 집안에만 갇혀 있던 어머니한테 그런 능력이 갑자기 생길 리 없었다. 능력은 없지만, 다행히 재산이 있었고 외삼촌은 자기 일처럼 기뻐하며 나섰다. 하지만 카페가 직장 없는 P를 위한 작업이란 건 말하지 않아도 알 수 있었다.

다 차려놓은 밥상을 받았을 때, P는 좀 기뻤다. 잘해보겠다는 마음도 생겼다. 그랬는데, 곧 숟가락질도 귀찮았다. 사장님 소리를 들으며 카페를 드나드는 재미는 빈둥거리는 습관에 점차 밀려났다. 카페는 어머니 일이 되어갔다. 어머닌 활기찬 얼굴로 밖에 있는 시간이 늘었다. 마치 지금까지 집에만 있었던 보상을 받는 것처럼.

P는 오후가 되어서야 카페에 나가보곤 했는데, 일하러 간다기보다 어머닐 살펴보는 목적이 컸다. 웃는 얼굴로 손님을 맞이하고 바쁘게 움직이는 어머닌 다른 사람이었다. 그러다 P와 눈이 마주치면 순간적으로 표정이 굳었다. 이상하게 그 표정에 짜릿함을 느꼈다. 처음엔 어릴 때 자기 모습이 떠올라 불쾌했는데 그 불쾌가 점점 강해지더니 야릇한 쾌감으로 바뀌었다. 그런 어머니를 한참 보다가 집에 돌아온 어느 날이었다. 어머닌 카페 마감을 하고 열두 시가 다되어 들어왔다. 마침 물을 먹으러 방에서 나갔는데 들어오는 어머니와 딱 마주쳤다. 어머니가 움찔했다. 곧 표정을 풀고 웃는데 열이 확 치밀었다.

153

가슴속에서 뜨거운 것이 폭발하는 느낌에 P도 당황했다. 이러다 어머닐 치겠다는 생각이 순간 스쳤다. 다행히 어머니가 곧 안방으로 들어갔고 P는 주방으로 가서 물을 마셨다. 밤새 가슴이 두근거렸다. 복잡한 꿈을 꾸며 선잠을 자는 바람에 일찍 일어났다. 겨우 해가 얼굴을 내미는 이른 아침이었다. 잠을 더 자고 싶은 마음도 없어 슬리퍼를 신고 밖으로 나갔다. 그날 신기한 새벽 풍경을 목격했다. 수위가 이중주차된 차를 밀고 있었다. 다가가니 P의 차가 밀려가고 있었다. 자가용이 폭발적으로 늘어나기 전에 지어진 아파트엔 주차 공간이 늘 부족했다. 그래서 늦게 귀가하면 이중 주차를 하는 경우가 많았다. 그럴 땐 대개 핸드 브레이크를 풀어놓았다. 아침 일찍 불려 나오기 싫으면 그렇게라도 해놓아야 했다. 그리고 차를 밀어 출근길을 돕는 일은 수위한테 주어졌다. P도 알고 있었다. 그렇게 차가 이리저리 밀린다는 걸. 이중 주차를 해놓은 다음 날 나와보면 차 위치가 달라져 있었다. 하지만 직접 본 것은 그날이 처음이었다. 눈앞에서 자기 차가 밀리고 있었다. 분명 화날 일이 아니었다. 아는 데도 화가 치밀었고 차를 밀고 있는 수위한테 냅다 소리를 질렀다. 수위는 굽신거리며 상황을 설명하고 웃음을 지으려 애썼다. 연신 머리를 조아리는 꼴을 보자 더 화가 났다. 가슴을 밀치며 몰아붙이자 옆에 있던 동료 수위가 말리고 지나가는 주민이 쳐다보았다. 보는 눈이 너무 많은 걸 느끼고 돌아섰다. 돌아서는데 수위에 대한 분노가 커졌다. 누군가 수위 편에 섰다는 것이 마음에 들지 않았다. 그날부터 그 수위만 눈에 보이면 괜히 시비를 붙게 되었다. P가 사는 라인에 근무하는 임씨였다.

어느 날 수위실을 들여다보다 안으로 쓱 들어갔다. 그냥 들어갔을 뿐인데 임씨 눈에 두려움이 가득했다. 갑자기 머리가 돌았는지 마구 주먹을 휘둘렀다. 자기 모습이 옛날의 아버지 같다는 생각은 하지 못했다. 아무런 반항도 못 하는 모습이 재미있었다. 그때부터 심심하면 내려가 겁을 주고 주먹질을 했다. 며칠만 지나면 겁먹는 꼴이 보고 싶어졌다. 차츰 임씨 하나로 마음이 차지 않았다. 인적이 드문 곳에서 괜한 시비를 걸고 화풀이를 했다. 자신의 완력이 꽤 쓸만하다는 걸 알게 되었지만, 상대는 항상 신중히 골랐다. 손쉬운 상대를 고르는 것. 그것이 백전백승의 전략이었다.

그런데 임씨가 며칠째 출근을 하지 않았다. 병원에 입원했다더니 정말인 모양이었다. 입원까지 할 정도였는지 꾀병인지 모르겠지만 어쨌든 장난감이 사라진 기분이었다. 그런데 눈앞에 새로운 장난감이 제 발로 걸어온 것이다.

놈은 웬만한 여자보다 호리호리했다. 키는 P와 비슷한데 몸집 차이는 제법 났다. 일단 체급 면에선 완전히 유리해 보인다. 물론 체급으로만 판단할 수는 없다. 그리고 나중에 정신없이 맞으면서 섣부른 판단을 후회했다. 뼛속에 근육이 있는 놈이었다고. 잘못된 판단인 줄 모르고 시비를 붙었다고.

P는 일부러 어깨를 부딪치며 한걸음 내어 딛는다. 그 정도면 정식으로 시비를 붙은 것이다. 그러면 대체로 상대는 얼른 고개를 숙이고 도리어 사과하며 피해간다. 이미 P의 몸집과 강한 어깨에 겁을 먹는 것이다. 놈도 그럴 수 있다. 그래도 상관없었다. 그렇게 피해도 본격적으로 시비를 붙을 거니까. 사람을 쳐놓고 사과도 없이 가느냐고 도리어 화를 내는 방법을 쓸 작정이었다. 그 방법이 안 먹힐 때도 물론 있다. 백배사죄하며 빠져나가는 놈이 있다. 그날 기분에 따라 그냥 보내주기도 하고 끝까지 가기도 한다. 끝까지 간다는 말은 기분이 풀릴 때까지 몸

을 푸는 것을 말한다. 물론 아무 곳에서나 그런 짓을 하진 않는다. 뒤탈이 없는 장소를 골라 벌인다. 아니면 안전한 방법을 강구하든지.

수위실 앞은 CCTV에 잘 잡히는 곳이다. 놈의 주먹을 먼저 유도하는 편이 제일 안전하다. 그래야 나중에 경찰서까지 가는 일이 생겨도 탈이 없다. 그래서 상대가 확실히 느낄 수 있게 어깨를 부닥친다. 제발 먼저 시비를 걸어다오 하는 마음으로.

어, 그런데 놈은 예상과 다르게 움직였다.

어깨가 닿는 순간 도로 온몸으로 압박하며 P를 밀어붙였다. 엄청난 힘이었다. 판단 착오. 퍼뜩 그런 생각이 스쳤다. 꼬리는 빨리 내릴수록 좋다. P는 재빨리 사과했다.

— 아, 미안함다.

들리지 않는지, 아님 무시하는 건지, 놈은 그대로 P를 수위실로 밀고 들어갔다. 문을 잠그고, 구석으로 몰아붙이고, 주먹을 날렸다. 정신없이 맞았다. 수위가 늘 맞으며 몰려들어 간 구석 자리에서. 아니, P가 늘 의도적으로 몰고 들어간 자리였다. CCTV의 눈이 전혀 미치지 않는 곳.

분명히 임씨가 사주한 놈이다.

정신이 아득해지는데 그런 생각이 들었다.

두고 봐라.

정신을 잃으면서 그런 생각도 했다.

그리고 곧 그런 생각은 한 적도 없다고 빌어야 했다. 거짓말 같지만, 놈은 남의 마음도 읽었다. 정신을 잃었다 눈을 뜨니 놈이 배 위에 걸터앉아 있었다. 이상하게 무게가 느껴지지 않았다.

– 두고 보면 어쩔 건데? 아직 주먹은 괜찮단 말이지?

놈이 P의 팔을 들어 올리며 말했다.

P는 비명도 지르지 못했다. 순식간에 우두둑 소리와 함께 팔꿈치가 뒤로 꺾였다. 또다시 정신이 아득해졌다. 왕이 꺾은 팔을 놓고 다른 팔을 들었다.

P는 정신을 잃어가는 중에도 빌었다.

– 다시는 주먹 쓰지 않겠습니다.

병원에 실려 가며 왼팔을 움직여 보았다. 무사했다. 빌기를 잘했다.

P는 오래 병원에 있었다. 부러진 오른팔은 영구 장애가 남을 거라 했다. 코를 재건하는 수술도 두 번 했다. 안와 골절에 턱뼈

에 금이 가고 이도 흔들렸다. 치과 치료는 언제까지 해야 할지 알 수 없었다.

***

임씨는 경찰이 왔을 때야 사실을 알았다. P가 수위실에서 누군가에게 심하게 폭행당한 일을. 그리고 자신이 용의자로 조사받고 있다는 것도. 하지만 사건이 있던 시간에 입원 중이었음이 밝혀져서 알리바이가 확실했다. 그래도 경찰은 P 사건은 임씨와 관련이 있을 것이라 보았다. 임씨의 입원이 P의 폭행 때문이라는 제보가 있었기 때문이었다. 정황상 원한 관계를 의심할 만했다. 그래서 측근을 조사하게 되었고 딸과 사위까지 알게 되었다. 임씨가 제일 피하고 싶었던 일이 벌어지고 말았다. P가 맞아서 병원에 실려 갔단 소식을 듣는 순간의 후련함은 정말 순간이었다. 자신이 폭행당한 이야길 한 적도 없고, 그래서 가족은 아무것도 모르는데 어떻게 복수를 하겠느냐고, 아무리 설명해도 소용없었다. 그리고 그 말은 정말이었다. 임씨는 자신이 맞는 것보다 딸이 알게 되는 것이 더 무서웠다. 그러지 않아도 일을 그만두라며 늘 걱정이 많았다. 그런 걱정을 하게 하는 것도 아까웠다. 결국 사실을 알고 뛰어온 딸 앞에 임씨 가슴이 더 내려앉았다. 임씨는 입원한 지 며칠이 지났는데도 얼굴은 흉하게 부어있고 갈비뼈에 금이 가서 움직이지 못했다. 정도가 악랄해서 가족이 알았다면 눈이 돌만 했다. 염려한 대로 임씨를 본 딸은 통곡을 했다. 아내와는 딸이 초등학교 2학년 때 사별했고, 혼자 키운 딸이었다. 부녀 사이가 각별할 수밖에 없었지만, 딸은 아무런 혐의점이 없었고 사위의 알리바이도 확실했다. 사건 경위를 조사하는 과정에 드러난 것은 오히려 P의 행적이었다. 폭행당한 자는 P인데, 그동안 P가 임씨를 괴롭힌 증언들만 쏟아졌다. P는 끔찍한 부상을 입었지만, 동정을 받기는커녕 점점 나쁜 놈이 되어갔다.

그리고 P를 폭행한 자에 대한 정보는 아무것도 나오지 않았다. 그야말로 아무런 증거도 흔적도 없이 귀신처럼 해치웠다. 그러니 어떤 이유로 왜 그랬는지도 오리무중일 수밖에 없었다. 이유를 모르니 소문만 무성해졌다. P한테 도움 되는 소문이 하나도 없다는 것이 신기했다.

목구멍이 포도청이라 차마 그만두지 못했던 직장. P의 행패가 아니더라도 수위 일은 힘들었다. 무엇보다 민원이 괴로웠다. 수위에겐 모든 주민이 상전이라 누구 말도 무시할 수 없기 때문이었다. 층간 소음으로 항의를 받고 주차 문제로 질책을 받았다. 특히 P의 횡포는 날이 갈수록 심해졌다. 이중주차된 P의 차를 민 것이 죄가 되었다. 자가용이 늘어가면서 날이 갈수록 주차 문제도 늘었다. 그리고 늘어난 일은 수위 차지였다. 아침마다 이리저리 차를 옮기는 일이 중요한 일과가 되었다.

차를 밀고 있는데 P가 나타났다. 악연은 그때 시작되었다. 다짜고짜 욕을 하고 가슴을 밀쳤다. 물론 처음엔 항변했다. 다른 수위도 거들고 지나가던 주민도 임씨 편을 들었다. 그날은 그렇게 일이 해결되는가 싶었다. P가 자리를 떴기 때문이다. 하지만 그게 시작이었다. 주차된 차에 흠이 생겼다며 시비를 붙었고 주먹질을 했다.

폭력은 나날이 심해졌다. 온갖 이유를 대며 때릴 일을 만들었다. 아무래도 정신이 이상한 놈이었다. 그냥 화풀이할 데를 찾는 것 같았다. 그런데 그런 말을 누구한테 해야 했을까. P는 주로 인적이 뜸한 시간에 수위실에 나타났다. 그리고 구석으로 몰아넣고 마구 때렸다. 여러 번 병원 신세를 졌다. 어디 하소연할 데도 없고 그런 처지가 한심했다. 관리자한테 사실을 알리긴 했다. 외면하는 눈치였다. 동료는 그저 듣기만 했다. 주민하고 마찰을 일으키는 수위는 옷을 벗는 방법밖에 없었다. 한번은 고소까지 당했다. 폭행죄라 했다. 임씨가 P를 폭행했다니, 소가 웃을 일이었다. 이마에 상처가 있긴 했다. 임씨의 손톱이 남긴 거라며 진단서도 내밀었다. 휘두르는 주먹을 막으려고 팔을 휘젓긴 했다. 그때 생긴 상처라 해도 억울하긴 마찬가지였다. 죽도록 맞은 건 임씨였다. 하지만 법대로 한다는 말에 겁이 덜컥 났다. 조용히 해결하고 싶었다. 딸이 알게 할 수는 없었다. 고의가 아니었다며 사죄를 했다. 그랬더니 합의금을 주면 고소를 취하해주겠다 했다. 고소 사건은 두 달 치 월급을 주고야 끝이 났다.

적은 월급이지만 그마저 끊어지면 딸한테 짐이 될까 제일 걱정이었다. 일찍 엄마를 잃고 홀아버지 손에 불쌍하게 자란 딸이었다. 다행히 잘 자라 결혼까지 했다. 사위도 착하고 직장도 반듯했다. 수위를 그만두라고 하지만 덜컥 신세를 질 수는 없었다. 빈말이 아닌 걸 알기 때문에 더욱 그러기 싫었다. 둘의 여유를 아비가 뺏을 수는 없었다. 딸이 여유 있게 살길 바라는 마음은 그래도 다른 고통을 잊게 했다. 아무리 고통이 커도 내가 지고 가겠다, 임씨는 그런 마음으로 견뎠다. 삭막한 세상이었다. 돌아보면 늘 북풍한설 속에 홀로 선 듯한 삶이었다. 돈이 너무 없으면 가족을 지키기 힘들고 돈이 너무 많으면 인간성을 지킬 수 없는지도 몰랐다. P는 아무래도 돈이 너무 많아 그리 된 것 같았다. 밥벌이하는 일이 좀 고달픈가. 돈을 벌러 다니면 바쁘고 피곤해서 쓸데없이 사람이나 때리고 다닐 여유가 없지 않은가 말이다. P를 이해해보려고 애쓰다 그런 생각까지도 해 보았다.

***

임씨는 퇴원하고 직장에 복귀했다.

원래 임씨가 근무했던 곳은 백조 맨션 1차였다. 큰 도로를 마주하고 지어진 백조 2차도 있었다. 다시 근무지로 왔을 땐 2차에 배정을 받았다. 문제가 있었던 수위실에 다시 근무하긴 껄끄러웠는데 고마웠다. 그리고 낯설었다. 그런 배려를 받는다는 것이.

사건이 제법 뉴스를 탔던 덕분이란 걸 임씨는 몰랐다. 그리고 눈여겨보고 있는 주민이 많았다는 것도.

정말 하늘이 벌을 내린 걸까.

임씨는 하루에도 몇 번씩 그 생각을 한다.

P를 폭행했다는 남자.

도대체 누굴까.

CCTV엔 다른 사람이 없다 했다. P가 뒷걸음치며 수위실로 들어가는 모습만 있다고. 사실은 가해자가 없다는 사실이 참 좋다. 그래야 정말 하늘이 있다는 믿음이 생긴다. 그 생각을 하면, 세상천지에 도움받을 곳이 없구나 하는 쓸쓸함이 사라진다. 그래서인지, P가 퇴원한다는 말을 들었을 때도 불안하지 않았다. 마주쳐도 주눅 들지 않고 지나칠 수 있을 것 같았는데 그럴 일도 없어졌다. P는 이사를 갔다. 병원에 실려 간 날이 백조에서 거주한 마지막 날이 된 것이다. P보다 백조에 오래 있게 될 줄은 몰랐다. 병원에 누워있으면서 심각하게 고민했다. 다시 P를 본다는 생각만 해도 가슴이 쿵쿵 뛰었다. 당장은 아니더라도 결국은 그만두게 되지 않을까. 언제까지 이렇게 살 수 있을까. 얼마나 복잡한 심경이었는지 모른다. 그런데 일이 이렇게 되었다. P는 떠나고 임씨는 남았다. 하늘이 없지는 않은 모양이다.

수위실에서 피투성이로 발견된 아파트 주민
수위실 근무자도 부상으로 입원 중
복수인가 갑질인가?

4월 15일 오전 11시경 봉삼동 백조 아파트 수위실에 아파트 주민 P씨(37세, 개인사업)가 얼굴이 피투성이가 된 채 쓰러져 있는 것을 같은 아파트 주민이 발견했다. P씨는 곧 병원으로 옮겨져 치료 중인데, 코뼈가 내려앉고 얼굴 여러 군데 금이 갔으며 오른팔이 골절되는 큰 부상이었다. P씨가 쓰러져있던 그 수위실엔 그날 근무자가 없었고 통합 경비실에서 관리하던 중이었다.

주민들의 증언에 의하면 바로 그 수위실에서 근무하던 수위도 며칠 전 그곳에서 피투성이로 발견되어 병원에 실려 갔으며 가해자가 바로 주민 P씨일 거라 했다. 수위가 입원했던 날 CCTV엔 주민 P씨가 수위실 안으로 들어가는 장면이 고스란히 남아 있었다. 그러나 수위실 안에는 CCTV가 없어 P씨가 직접 수위를 폭행했다는 증거는 없는 셈이었다. CCTV는 아파트 출입구에만 설치되어 아파트와 수위실을 드나드는 사람만 확인할 수 있었다.

P씨가 수위실에 쓰러져있던 날 CCTV에도 수위실로 들어가는 P씨의 모습이 남아 있었다. 혼자였는데 그 모습이 특이했다. 수위실 문을 열고 들어가는 것이 아니라 마치 누군가에게 밀려 들어가듯 뒷걸음치며 수위실로 들어간 것이다. 그 후로 드나드는 사람은 없었고 P씨는 그로부터 약 30분 뒤 부상을 입은 채 발견되었다.

처음에 경찰은 P의 폭행에 앙심을 품은 수위가 저지른 짓이 아닌가 했지만, 수위는 입원 중이라 알리바이가 확실했고 가까운 주변 인물을 중심으로 조사했지만, 혐의점을 찾지 못했다. 도리어 수위에게 행한 주민 P씨의 폭행에 대한 주민들과 동료 수위의 증언이 많아 아파트에 설치된 여러 개의 CCTV를 확보해 P씨의 폭행 장면 여러 건을 확인했다.

이 사건으로 또다시 갑질 행위가 도마 위에 오르고 수위에 대한 동정여론이 들끓었다. 하지만 정작 P씨를 폭행한 가해자에 대한 정보는 전혀 찾을 수 없었다. 사실은 가해자가 존재하는지도 알 수 없었다. CCTV에도 없고 목격한 사람도 없는 가해자에 대한 궁금증이 커지는 만큼, P씨를 또 다른 가해자로 처벌해야 한다는 목소리도 높아지고 있다.

문김한솔 기자

과대망상

착하게 살았다. 아니다. 정확하게 말하면 그렇게 사는 것이 착한 줄 알았다. 폭력을 쓰지 않았고, 남의 것을 훔치거나 빼앗지 않았다. 스스로 번 돈으로 살아야 한다는 것도 알았다. 그러나 지금 왕은, 그런 모습이 비겁했다고 여긴다. 다른 사람이 쳐놓은 울타리 안에 피신해 있었다고. 울타리 밖에서 울타리를 쌓고 보수하는 일에서 빠져 있었다고. 그것 또한 누군가 해야만 하는 일이었다. 그런 일에서 등 돌리고 있는 동안, 어떤 사람은 온몸으로 위험에 맞섰다. '착한 사람'은 바로 그러한 자를 부르는 말이라야 했다. 해야 할 일을 기꺼이 하는 자가 진짜였다. 그리고 '진짜' 덕분에 안전하게 살 수 있었다. 그러니 왕은 착하게 산 게 아니었다. 그냥 불의에 항거하지 않고, 위험한 일을 피해갔으며, 손해나는 짓을 하지 않았을 뿐이다. 물론 그렇게 사는 사람을 나쁘다고 비난할 수는 없다. 그럴 자격이 있는 사람도 없다. 다만 생각이 다른 사람은 있다. 그리고 지금 왕의 생각은 좀 다르다.

착한 사람? 관심 없다.

착하게 살면 복을 받는다? 그런 것에도 관심 없다.

착하게 사는 것이 특별한 일은 아니지 않는가. 그리고 특별한 일이 되어서도 안 된다. 그건 그냥 당연하다. 내 몸을 움직여 내가 먹을 것을 구하는 일이 착한 일이 될 수는 없다. 남의 것을 빼앗고, 심신을 괴롭히고, 생명을 위협하는 일이 이상한 일이다. 그러니 마땅히 해야 할 일을 하고 살면서 복을 바라는 것은 어리석다. 그런 생각이 어리석다는 것을 아는 세상이야말로 인간이 자랑할 만한 세상이다.

다시 말해서,

세상이 말하는, 착하게 사는 자, 에겐 관심을 두지 않는다. 존재 자체로 다른 존재에 해가 되진 않는 사람. 그런 사람들을 굳이 착하다고 한다면 인정은 하겠다. 그러나 삶의 마땅한 방식에 굳이 칭찬을 덧붙이고 싶진 않다. 천국에 갈 것이라는 따위는. 하지만 다른 존재에 해를 끼치는 자를 두고 볼 수는 없다. 자신의 편한 삶을 위해 부당하게 재물을 긁어모으고, 재물을 더 쉽게 긁어모으기 위해 권력을 탐하고, 권력을 더 쉽게 얻기 위해 재물을 이용하고, 그렇게 얻은 권력으로 사람 위에 군림하는 자들은 더구나.

오해는 하지 말기 바란다. 모든 부자와 권력자를 상대하려는 것이 아니다. 재물이 얼마나 고귀하고 유용하게 쓰일 수 있는지도 알고, 정의에 몸 바치는 정치가가 있다는 것도 안다. 아니 이제 알게 되었다. 관심을 가지니 보였다. 그리고 부자와 정치가를 특별히 미워할 이유도 없다. 다만 재물과 권력을 가진 자의 탐욕이 얼마나 더 위험하며 얼마나 파급력이 큰지를 알 뿐이다.

그리고 그들을 상대하는 편이 효과가 크다는 것도. 하지만 개미구멍이 둑을 무너뜨릴 수도 있으니 권력형 비리가 아니라 해도 지나칠 수 없다. 한마디로 총알이든 폭탄이든 가리지 않고 막겠다는 결심이다. 이만하면 왕 또한 과대망상이 아닌가. 그

게 과대망상이라 해도, 기꺼이 망상에 빠진 마왕의 길을 걷고
싶다.

6. 양심을 선언하다

안방.

침대등 하나만 켜져 있다. 변호사 K 쪽에 있는 스탠드다.

K는 침대에 쿠션을 높게 받쳐 기댄 채 스마트폰 삼매경이다. 잠들기 전이나 시간이 날 때마다 버릇처럼 스마트폰을 본다. 특별히 검색할 것이 없어도 뉴스를 훑고 유튜버를 따라다닌다.

작은 탁자를 사이에 둔 옆 침대엔 K의 남편이 잠들어있다. 일부러 깨울 필요는 없다. 곧 벌어질 소란에 저절로 깨어날 것이다. 그게 더 극적이다. 그놈한테도 동정심은 일지 않는다. 부창부수라는 말을 이들에게 쓰고 싶진 않지만 둘은 아름답지 않은 가치관이 닮았다.

　왕은 K의 침대 발치에 서 있다.

　물론 노크도 없이, 문을 통하지도 않았다. 자신을 발견하고 기겁할 K를 생각하니 웃음이 난다. 어지간한 일에도 감정 동요가 없는 목석같은 K를 놀라게 할 방법이 세상엔 잘 없다. 왕 같은 특별한 존재라야 이런 여자를 흔들 수 있다. 아무리 생각해도 짜릿한 일이다.

　1초, 2초, 3초.

　마침내 K가 왕을 발견한다.

　비스듬하게 누웠던 K가 오뚝이처럼 일어나 앉는다.

　− 누구야!

　역시 대단하다. 놀라긴 했지만 흔들리던 눈빛은 순간이었고 곧바로 단단한 눈길로 무장한 채 소리를 지른다. 이런 상황에 이런 반응이라니. 장난을 치고 싶을 정도다.

　− 염라대왕이다.

　− 장난치지 마. 당장 나가지 않으면 신고한다.

　말이 끝나기 무섭게 스마트폰 긴급 번호를 누른다. 그건 예상했던 대로다. 하지만 그냥 두고 본다. 통화될 리가 없다. 자신이 독 안에 든 쥐 꼴이라는 걸 알 리도 없다. 스마트폰은 먹통이다. 방안의 파동을 마구 휘저어놓았기 때문이다. 눈에 보이는 것만 믿는 K 같은 사람에겐 말도 안 되는 현상이다. 하지만 이런 기이한 현상이 시작에 불과하다는 걸 알고 나면 어떤 반응을 보일까. 보이지 않는 세상도 인정해야 된다는 걸 알려면 한참 멀었다. 자신의 눈만 믿고, 자신이 가진 것만 소중하며, 자신밖에 모르는 이런 사람이, 더구나 사람 위에 군림하려는 이런 자가, 변호사라는 무기까지 가진 셈이다. 원래는 정의와 질서를 수호하는 무기가 되어야 하지만, 오히려 자신의 탐욕을 위해 정의를 공격하는 무기가 되었다.

－이게 왜 이래.

먹통인 스마트폰에 당황한다. 하지만 일시적 통신 장애라 여긴다.

K가 남편 쪽을 본다. 남편은 이제 잠에서 깨어나고 있다. K의 목소리를 들었고 눈을 뜬다. 그리고 왕을 발견한다. 남편은 K보다 간이 작다. 눈앞에 벌어진 상황에 놀라 일어나 앉지도 못한다. 남편의 머리를 스친 것은, 강도. 강도가 들었다고 생각하니

더 무섭다. 그 상황이면 당연히 남자인 자신이 어떤 역할을 해야 한다. 그런데 제압할 자신이 없다. 남자는 물리적인 힘의 우열을 잘 간파하고 있다. 보통의 남자라면 그렇다. 폭력적 세계에서 잔뼈가 굵은 자가 아니라면 겁을 먹게 되어있다. 그래도 어떤 행동을 해야 한다는 생각 정도는 한다.

남편이 움직인다. 현대인의 필수품, 스마트폰을 찾는 것이리라. 하긴 그걸 찾는 것 외에 다른 어떤 방법을 생각할 수 있을까. 남편의 스마트폰은 두 침대 사이에 놓인 탁자 위에 있다. 예상대로 남편은 스마트폰을 들고 화면을 마구 문지르고 두드린다. 그것도 불통이다. 낯빛이 하얘진다. 이제 남편에게 남은 방법은 무엇일까.

왕은 기다린다.

스마트폰이 왕을 향해 날아온다.

기껏.

예상한 대로다. 남편의 의도는 충분히 알겠다. 운 좋게 왕의 얼굴에 정통으로 맞든지, 아니면 몸에 맞아 당황한 순간을 노리겠다는. 그 틈에 일어나 덮치거나 어떻게 해볼 작정이었다는 걸. 용기는 가상했다. 하지만 던진 스마트폰은 왕의 손에 있다. 완전히 당황한 남편이 침대에서 일어나 달려 나온다. 물론 의욕만 앞섰다. 방금 잠에서 깨어나 몸에 힘도 제대로 실리지 않은 상태다. 침대 끝에서 그만 바닥으로 엎어진다. 본능적으로 얼굴을 들려다 턱으로 바닥을 찧는다. 턱이 찢어져 피를 보고 만다. 충격이 큰 모양이다. 잠시 꼼짝하지 못한다.

남편이 달려나가는 새 K도 몸을 일으켰다. 남편이 바닥에 턱을 찧을 때 여자는 침대에서 내려섰다. 두 침대 사이, 탁자 바로 앞이다.

K는 고민한다. 달려나갈까, 어쩔까.

참 담대한 여자다. 그 와중에도 머리가 돌아간다. 달려나가 남자를 상대로 무얼 할 수 있을지 생각한 것이다. 그래서 그녀가 가장 잘하는 방법을 쓰기로 한다.

– 원하는 게 뭐야?

K가 협상을 시도한다. 지금까지 살아온 방식이다. 옳다, 그르다가 판단의 기준이 아니다. 어떻게 이길 수 있느냐, 로만 판단한다. 수단 방법을 가리지 않고 이기는 것이 곧 능력이고 실력이라 믿는다.

– 원하면 들어줄 수는 있고?

왕의 대꾸에 K가 좀 안심한다. 돈으로 해결할 수 있다는 판단이 선 것이다. 왕은 졸지에 금품갈취를 목적으로 침입한 강도가 된다. 참 단순하다. 이 집엔 불청객이 이렇게 함부로 들어올 수 없는 곳이다. 더구나 방문을 통하지도 않았다. 갑자기 안방에 나타난 왕을 직접 눈으로 보지 않았는가. 하지만 그건 자신의 착각이라 치부해 버린다. 스마트폰에 몰두해서 몰랐던 것이라고. 어떻게 침입이 가능했는지 모르겠지만 그건 앞으로 점검해야 할 과제일 뿐이다. 보안 시스템을 점검하고, 보안 회사에 항의해 보상을 받는, 그런 정도의 일이라 여긴다.

남편이 끙, 신음을 흘리며 고개를 들고 일어나 앉는다. 피가 턱을 타고 흘러 잠옷 앞섶에 떨어진다. K의 눈이 남편을 잠깐 스치고 왕을 향한다. 역시 대담하고 머리 회전도 빠르다. 당장 급한 일은 남편의 부상이 아니라 눈앞에 있는 왕이다. 남편의 상처는 급한 일이 끝나고 치료하면 되는 일이었다. 목숨에 지장이 없는 정도라 판단한 것이다.

― 원하는 게 뭐야? 돈?

왕은 K의 눈을 똑바로 보며 선언하듯 또박또박 말한다.

― 진. 심. 어. 린. 사. 과.

K의 눈빛이 바뀐다. 역시 머리 회전이 빠르다. 왕의 목적을 알아챘다. 그리고 또 판단한다. 지금껏 살아온 방식으로. 피해자 측이 보냈거나 시답잖은 정의를 실천한답시고 모인 시민 단체의 소행일 것이라고. 하지만 그 판단이 옳을 리가 없다. 아니, 통할 리가 없다. 상대는 지금껏 K가 살아온 방식의 세계에 속한 사람이 아니고, 그걸 모르는 K가 멋대로 내린 오판일 뿐이다.

– 하!

K의 입에서 나온 소리다. 가소롭다, 뭐 그런 의미가 들어있다. 그런 반응도 낯설지 않다. 그런 일이라면 자신 있다는 배짱도 엿보인다. 법대로 해보라는.

왕도 알고 있다. 법으로 이길 수 없는 인간이 있다는 걸. 법의 맹점을 기막히게 이용하는 인간이 있다는 걸. 법을 오직 자신의 이익을 위한 무기로 쓰는 인간이 있다는 걸. 그리고 또 알고 있다. 이들은 하늘 아래 무서운 게 없다는 걸. 귀신이라면 또 모를까. 물론 귀신의 존재를 믿지도 않겠지만.

K의 입에서 하, 소리가 터져 나올 때 남편이 왕의 다리를 향해 돌진한다. 남편은 남자의 자존심을 걸고 일격을 가하려고 했다. 하지만 볼썽사납게 허공을 안고 고꾸라진다. 주인을 잘못 만난

애꿎은 턱이 다시 바닥에 떨어지고 비명이 제법 크다. 그리고 남편과 왕의 위치가 바뀌었다. 왕은 어느새 남편이 처음 턱을 찧었던 위치에 서 있다.

K의 눈이 커진다. 이제야 좀 놀란다. 보고도 믿지 못할 장면이었음이 분명하다. 눈과 함께 벌어진 입이 그걸 증명한다.

― 너, 뭐야.

그래도 대단하다. 이성을 부여잡고 있다. 아직 질문이 날카롭다. 반면에 남편은 완전히 의지가 꺾였다. 벽 쪽으로 기어가 기대어 앉아 있다. 넋을 놓은 표정이다. 턱에서 흐른 피가 잠옷을 온통 피로 물들인다.

― 염라대왕이라니까.

― 농담하지 말고 똑바로 말해. 정말 원하는 게 뭐야?

― 진. 심. 어. 린. 사. 과.

***

말은 필요에 의해 생긴다. 그래서 어떤 말이 존재하는 이유도 반드시 있다.

양심의 가책.

모르는 사람이 없는 말이다. 그런데 그 말의 존재 이유와 상관 없이 사는 사람도 세상엔 있다. 아니, 모른 척 사는 사람이 있다. 그런 사람을 왕은 모른 척할 수 없다.

'기어코 그 의미를 뼈에 새겨주고 싶다.'

그 사건을 알았을 때 왕은 그랬다.

학교 폭력 피해자 R은 학교도 다니지 못하고 1년째 정신과 치료를 받고 있다. 우울과 강박으로 피폐해진 R은 병원 가는 날 외엔 집에만 있다. 날마다 그런 아들을 보고 있어야 하는 부모의 남은 희망은, 가해자가 제대로 처벌을 받는 것이었다. 어려운 형편에도 변호사만 믿고 달려온 1년이었다. 그런데 가해자는 지금까지 아무런 제재도 받지 않고 학교에 다녔고 이제 법적으로도 가해자라는 굴레를 벗게 되었다. 정의를 믿었고 법을 믿었다. 그런데, 판사는 그렇다 치고 변호사까지 뒤통수를 쳤다. 분명히 아들을 변호하기 위한 변호사였다. 하지만 아들을 변호한 게 아니라 가해자 편을 든 꼴이었다. 그런 변호사를 믿고 지금까지 한 짓이 한심했다. 기막힌 결과에 R보다 부모가 먼저 죽을 판이다.

못난 부모 탓에 자식 앞날을 망쳤다는 자책으로 까맣게 타들어 가는 속이 보인다. 표정을 잃은 얼굴도 타는 속만큼 어둡다.

'오냐, 기다려라. 이미 타버린 속은 어쩔 수 없지만 남은 시간은 밝게 지켜주겠다. 더는 타들어 가는 고통 속에 두지 않겠다.'

그러나, 상대는, 양심이니 가책이니 하는 뜻도 모르는 여자. 양심을 가린 철판이 너무 두껍다. 그 철판을 두드려 양심의 종을 울리기 위해선 엄청난 타격이 필요했다.

***

진심 어린 사과를 준비해야 했다.

결코 진심으로 사과할 마음은 없었다. 사과할 일이 아닌데, 더구나 진심 어린 사과라니. 좀 미안하긴 했다. 하지만 변호사가 매번 이길 수 있는 건 아니다. 사람이 하는 일이니까. 실패할 수도 있다는 걸 몰랐다면 그건 자신의 무지를 탓해야 하는 것 아닌가. 변호는 어디까지나 변호일 뿐이고 책임은 당사자가 지는 것이다. 변호사도 직업이라는 걸 알아야 한다. 어디까지나 보수를 받고 일을 한다는 의미에서는. 그런데 세상은 변호사가 정의 편에 서서 싸우는 수호자가 되길 바란다. 그렇게 정의 수호를 하고 싶으면 하고 싶은 자가 하면 될 것 아닌가. 남의 뒤치다꺼리나 하려고 어렵게 공부하고 힘든 시험을 치른 것은 아니다. 인권 변호사니 뭐니 그런 변호사도 있지만 그건 그들의 인생이고 관심도 없다. 그들이 하는 일에 관여하지 않을 테니 그들도 관여하지 않는 게 맞다. 정의 어쩌구 하는 인간들도 그렇다. 직접 하면 될 일을 왜 남의 손을 빌려서 하려는지 모르겠다. 그런 자들한테 말하고 싶다. '너나 잘하세요.'라고. 그러면서 콧방귀 끼며 살았다.

하지만 이번엔 달랐다. 그런 배짱을 부리며 넘어갈 수 없게 되었다. 도무지 다른 방법이 보이지 않았다. 살아오면서 이렇게까지 길이 보이지 않은 적이 없었다. 그리고 몹시 두려웠다. 혼자 당하는 일이었다면 어땠을지 모르겠다. 그러나 자식이 걸린 일을 두고 모험을 할 순 없었다. 놈은 분명 보통 사람이 아니었다. 자기 말로는 귀신이라는데, 물론 그대로 믿진 않는다. 그렇다고 사람이 할 수 있는 일도 아니었다. 혹시 마술을 부리는 걸까. 그런 생각도 해보았다. 마술이라 해도 두렵기는 마찬가지였다. 마술의 원리를 모르는 사람 입장에서는.

남편이 왕에게 돌진하는 장면을 똑똑히 보았다. 아니, 보고 있었다. 눈도 깜빡이지 않고. 그런데 남편은 허공을 휘저으며 바닥으로 떨어졌고, 왕은 남편이 있던 자리에 있었다. 남편이 흘린 피가 선명한 그 자리에. 정말 움직이지 않고 이동을 했다. 몸을 날린 힘만큼이나 강하게 방바닥이 울렸고 남편은 잠시 꼼짝도 못했다. 턱 아래로 피가 흥건해졌다.

　– 너, 뭐야.

　저절로 나온 소리였다. 정말 뭐 하는 놈인가. 귀신에 홀린 것 같았다.

　'염라대왕이라니까.'

　놈이 그렇게 대꾸했다. 비로소 그 얼굴을 자세히 응시했다. 청년의 얼굴을 하고 염라대왕이라니. 안색이 창백할 뿐 이목구비가 반듯한 잘생긴 얼굴이었다. 보고 있자니 방금 일어난 일은 착각일지도 모른다는 생각이 들 정도였다. 눈을 깜빡였을 수도 있고, 잠시 정신이 다른 데 팔렸을 수도 있지 않을까. 아니면 특별한 무술로 몸을 단련한 자인가. 번개처럼 빠를 수도 있지 않을까. 홍콩 영화가 완전한 뻥이 아닐 수도. 무시무시한 인상도 아니고 압도하는 덩치도 아니다. 말이 통할 보통 사람으로 보인다. 그런데 염라대왕이라니. 역시 말도 안 되는 소리. 사람인 건 분명하다. 그러면 협상도 가능하다. 그래서 용기를 내 다시 시도했다.

'농담하지 말고 똑바로 말해. 정말 원하는 게 뭐야.'

'진심 어린 사과.'

그 말을 들었을 땐 사실 안도했다. 그럼 그렇지. 역시 피해자 측의 협박이었어. 이런 협박엔 익숙하지. 그리고 자신 있다. 어떻게든 이길 자신이. 돈과 권력의 힘에 넘어가지 않는 사람을 여태 보지 못했다. 자존심을 세우다가도 돈에 꺾였고 권력을 앞세운 협박에 무릎을 꿇었다. 특히 가족 친지와 유대가 깊을수록 협박이 잘 통했다. 인정이니 의리니 사람의 도리니 하는 것에 목숨을 거는 놈들에겐 더구나. 가까운 사람의 불행을 자신이 보는 손해보다 못 견뎌 했다. 그런 일을 접할 때마다 참 별난 족속도 다 있구나 싶었다. 나보다 남을 더 사랑한다니, 그건 노래 가사에나 있는 것이다. 실제 인간관계에 있다면, 그건 아무리 생각해도 위선이었다. 차라리 욕망에 솔직한 자신이 더 인간적이라 자부했다. 그래서, 욕망을 달성하는 과정에 필요한 사과라면 백 번이라도 할 수 있었다. 진심이야 저들이 알 리도 없고 굳이 진심을 담을 필요도 없다. 상대가 혹할 만한 돈을 들고 가 머리를 숙이면 된다. 어렵지 않았다.

그랬다. 그렇게 살았다.

그런데 아니었다.

바보였다는 걸 깨닫게 된 과정이 아직도 섬뜩하다.

왕은 K의 속을 꿰뚫어 보듯 다시 말했다.

— 돈 몇 푼 들고 찾아가서 고개 숙이는 짓이 아니야. 공개 사과지.

— 공개 사과?

— 그렇지. 기자들 불러놓고 아주 구체적으로.

— 무슨 소리야? 사회에서 매장당하란 소리야?

— 바로 그거야. 네 손으로 너를 묻어. 아니면······.

사실 그때까지도 K의 의지는 꺾이지 않았다. 그리고 왕은 알았다. 그 정도로 꺾일 의지가 아니라는 것도.

— 아니면?

왕이 대답 대신 웃었다. 그리고 눈앞에서 사라졌다.

K는 직감했다. 미친 듯이 안방을 나와 딸이 있는 방으로 뛰어갔다. 딸의 방문은 꼭 닫혀 있었다. 그게 더 무서웠다. 닫혀 있는 문 안에 그놈이 있다. 방문을 열었다.

역시!

무릎이 꺾여 들어갈 수가 없었다. 그 자리에 서서 소리를 질렀
다. 그런데 목소리가 터지지 않았다. 마치 속삭이는 듯한 웅얼거
림이 될 뿐이었다.

— 할게. 할게요. 공개 사과할게요.

왕은 딸 몸 위에 올라타고 목을 누르고 있었다.

아니, 사실은 다르다. 왕은 목을 누르지 않았다. 목 위에 손을
대고 누르는 시늉을 하고 있었을 뿐이다. 그건 물론 나중에 안
일이지만. 어찌하였든 다행인 것은, 정말 다행히도 딸은 잠들어
있었다는 것. 그리고 시늉뿐인 손이 딸의 깊은 잠을 깨우진 않았
다는 것.

왕은 딸의 목을 손으로 감싸 쥔 채 K를 보았다. 시키는 대로 하
지 않으면, 다른 수작을 부리면, 딸이 어떻게 되리라는 걸 온몸
으로 보여주고 있었다.

— 시키는 대로 할게요. 제발.

침대 곁에 가지도 못하고 그 자리에 주저앉았다. K가 주저앉자
왕이 침대에서 내려왔다. 눈길은 여전히 K를 향한 채. 그리고 사
라졌다. 사라진 뒤에도 그 눈빛이 남아 K를 보고 있었다. 그 눈

빛은 한참 동안 딸 침대 곁을 떠돌았다.

놈이 사라졌다. 걷는 것도 나가는 것도 보지 못했다. 방문은 K 가 막고 있고 현관문도 닫혀 있었다. 그러나 놈은 더 이상 집안 에 없었다. 마술사건 아니건, 사람이건 아니건, 그런 놈을 이길 수는 없었다. 이길 방법이 떠오르지 않았다.

변호사 K, 양심선언
가해자 측과 은밀한 거래, 피해자 변호 포기
평생을 사죄하는 마음으로 살겠다

5월 10일 오전 10시 강남 삼일 빌딩 무궁화홀에서 변호사 K씨(46 세)가 기자회견을 열고 양심선언을 했다. K씨는 학폭 사건 피해자 R 군(17세)의 변호인으로 변호를 맡아 왔다. 하지만 K씨는 지난 재판 에서 도리어 피해자 R군에게 불리한 변호를 함으로써 가해자의 무 죄를 끌어낸 바 있다. 그런데 10일 아침 돌연 기자회견을 열고, 자신 이 가해자 쪽에서 금품을 받고 피해자에게 불리한 변호를 했다고 밝혔다. 재판 자체가 잘못되었을 수 있다는 폭탄 발언이었다. 이어

K씨는 가해자 부모와 주고받았던 대화 녹취록을 부정 거래의 증거물로 내놓았고 R군과 부모에게 평생 사죄하는 마음으로 살겠다며 용서를 구했다.

심경에 변화를 일으킨 이유를 묻자, 내내 양심에 걸렸고 자신도 자식을 키우는 부모라 언젠가 자식 앞에 큰 죄인이 될 것 같아 결심하게 되었다며 눈물을 보였다. K씨의 양심선언으로 R군과 관련된 학폭 사건이 다시 조명을 받게 되었고 재수사가 불가피하게 되었다.

추장군 기자

뫼비우스 숲

숲에는 늘 눈비가 내린다.

구름이 무거워져 비가 되고,

계절을 가려 눈이 날리고,

꽃비가 춤을 추거나,

마른 솔잎이 비처럼 흐르거나,

낙엽이 함박눈처럼 떨어진다.

그리고 또,

숲에는, 생명체가 의식한 모든 것. 세상의 모든 의식이 있다.

한 번 의식된 것은 사라지지 않고, 어떤 의식도 어떤 의식을 지배하지 못하고, 어떤 의식도 어떤 의식보다 무겁거나 가볍지 않다. 그래서 눈이 날리고 비가 내리듯 의식도 무심히 떠돌 뿐이다. 생명체에 깃들었을 땐 한숨이고 기쁨이었던 의식이, 하소연이거나 명랑한 노래였던 의식이, 아픔이거나 평온함이었던 의식이, 그렇게 색깔을 버리고 무로 돌아갔다. 분별이 사라진 세상이다.

하지만 여기,

떠도는 의식을 분별하는 힘을 가진 자가 있다. 생명이 끝난 자리에서 생겨난 힘이다. 망상이라고 말할지도 모르겠다. 그게 망상이라면 그런 망상에 갇혀버린 자가 되었다고 해야 할까. 유난히 선명하게 다가오는 어떤 의식을 감지해버린 왕. 지독한 고통의 의식이 마치 호소하듯 다가왔다. 한숨과 아픔과 슬픔이 무게를 달리해 왕의 어깨에 내려앉은 것이다. 왕은 기꺼이 짐을 졌다. 의식 속으로 들어온 하소연을 외면하지 않았다. 아니, 피할 마음이 없었으니, 스스로 망상 속으로 걸어 들어간 자라 해야겠다.

숲은 신록으로 제법 무성하다. 그럴 만도 하다. 봄이 한창일 때

숨이 끝났으니, 왕이 죽은 날은 이미 저만큼 멀어졌다. 절기는 여름으로 들어서고 있다. 그리고 왕의 감각은 어떤가. 몸은 계절의 변화를 느끼지 못하지만, 눈은 아직 세상을 향해 열려 있다. 몸이 사라지면 열린 눈도 닫힐 것인가. 그건 왕도 잘 모른다. 거기까지는. 지금은 그냥 의식하는 대로 움직인다. 눈이 있으니 보고, 몸이 있으니 행할 뿐이다. 눈이 있어도 보지 못하고, 몸이 있어도 행하지 않았던 지난날을 되풀이하진 않는다.

　왕은,

　꽃비 속에 앉아 있다. 오월의 숲은 아까시나무 꽃비로 어지럽다. 여름날 갑자기 시작되는 소나기처럼 후드득 떨어지는 꽃송이를 바라보던 왕이 일어난다.

　숲을 지나는 바람과,

　숲을 떠도는 향기와,

　숲에 사는 새들도,

　어떤 말씀을 경청하듯 뒤를 따른다.

　공터를 거닐던 왕이 오두막 주변을 천천히 돈다.

　오두막을 둘러싸고 있는 나무 그늘이 넓다. 나무 그림자 속에

왕의 모습이 사라지듯 숨어들곤 한다. 그런데 아니다. 왕이 숨어
드는 것이 아니라 오두막이 사라지고 있다. 나무 그늘이 오두막
을 덮고 있다. 그것도 아니다. 오두막은 이미 나무와 덩굴에 묻
혀 있다. 왕도 오두막도 숲에 가려 보이지 않는다.

언제 이렇게 무성해졌을까.

7. 청산유수 말을 잃다

해 질 무렵,

도시의 높은 건물이 그늘을 드리우는 가로수 길.

플라타너스 가로수 아래는 거리보다 더 짙은 그늘이다.

왕은 플라타너스에 기대서서 A가 다가오기를 기다린다.

한껏 기분 좋은 A의 휘파람 소리.

휘파람 소리가 가까워지고 A가 드디어 가로수 아래로 들어선다. 건들건들 춤추듯 걷는 걸음이 상당히 빠르다. 그래, 빠를수록 좋다. 휘파람도 마음껏 불어라. 어쩌면 다시는 그런 소리를 낼 수 없을지도 모른다.

픽!

A와 지면이 합동으로 만들어내는 소리다. A는 보도블록이 깔린 단단한 인도 위에 납작하게 엎어진다. 무언가 깨지는 소리는 얼굴 쪽에서 제일 크게 났다. 코와 입술과 치아가 방아 찧듯 인도를 들이받았다. 특히 입술과 치아가 받는 타격이 크다. 왕이 원했던 대로다. 다시는 말을 못 했으면 싶지만 그렇게 되진 않을 것이다. 어쩌면 말을 못 하는 편이 차라리 나을지도 모르겠다. A의 정신 건강을 고려한다면. 하지만 왕한테 A를 고려할 마음이 전혀 없으니 그건 그냥 하는 소리다.

청산유수.

A가 좋아하는 말이다.

그러나 그건 A 같은 놈이 함부로 쓸 말은 아니었다. 형식만 보고 내용은 무시한다면 모를까. A의 언변은 분명히 굴곡진 계곡을 흐르는 물처럼 거침이 없었다. 하지만, 청산을 흐르는 물처럼 맑은 내용이 아니었다는 걸 알았다면 어땠을까. 하수구 물처럼 악취가 난다는 걸 알았다면 달라졌을까. 그럴 리도 없고 이미 너무 늦었다. 놈은 유창한 말로 사람을 현혹하고, 망치고, 죽음으로 몰고 갔다. 알고 있다. A가 사람을 죽인 적은 없다. 자신의 손으로 직접 죽이진 않았다. 그리고 지금까지 당당하게 살고 있다. 하늘을 우러러 한점 부끄러울 일이 없다는 태도다. 그 당당함이 신기할 정도지만, 그렇다고 해서 달라질 건 없다. 그 죄가 가벼워지는 것도 아니다. 남의 밥을 빼앗아 굶어 죽게 한 놈이, 칼로 찔러 죽인 놈을 욕하는 격이다.

A는 잠시 정신을 잃는다.

코가 주저앉고 입술이 뭉개지고 잇몸이 망가졌다. 잇몸이 망가지는 통에 이가 빠지고 부러진다. 아마 눈앞에 별이 번쩍였을 것이다. 바닥에 닿은 얼굴 아래로 피가 흘러나오고 의식이 돌아온다. 아직 무슨 일이 일어났는지 파악하지 못한다. 얼떨떨한 가운데 통증이 시작된다. 소리를 지르는데 말이 되어 밖으로 나오지 않는다. 상황을 알고 싶은 뇌가 바삐 움직이는데 몰아치는 통증이 생각을 방해한다. 코로 들이쉬는 숨이 자꾸 막히고 입을 움직일 수가 없다. 그리고, 축축한 것이 흘러 인도를 적신다. 피다!

A가 엎어지는 것과 동시에 왕은 플라타너스 그늘을 벗어난다. 어쩌면 A가 넘어지기도 전에 그곳을 떠났는지도 모르겠다. 왕이 그럴 수 있는 능력을 가졌다는 걸 모른다면 그저 헛소리가 될 수

도 있겠다.

나무 그늘에 있는 왕을 A는 보지 못했고 더구나 살짝 발끝을 내밀고 있는 걸 알 수는 없었다. 아무것도 모르는 A의 발이 왕의 발끝에 닿는 순간, 왕은 발을 들어 정강이를 힘껏 차는 동시에 사라졌다. 한순간에, 아니 동시에, 아니 어쩌면 순서가 바뀌어 벌어진 일이라 알아채긴 힘들다. 수직으로 흐르는 시간 위에 사는 사람들 눈으로는. 마침 지나가는 사람이 있어 그 상황을 목격했더라도 마찬가지다. 그냥 길을 걷던 사람이 갑자기 엎어졌을 뿐이다. 거기에 다른 사람이 있는 걸 보았더라도 곧 관심 밖으로 밀려난다. 목격자의 시선은 넘어진 사람한테 갇혀버린다. 왕이 그런 현상을 만들 수 있는 사람인지도 모르겠다.

A의 입을 막고 싶었다. 직접 주먹으로 쳐서 망가뜨리고 싶었다. 하지만 더러운 그 입에 손이 닿는 상상만 해도 치가 떨려 그렇게 하지 않았다. 손도 아깝다. 그런 놈에겐 발이 제격이었다. 죄는 미워해도 사람은 미워하지 말라고? 왕은 그 말을 철저히 무시하기로 했다. 영혼이 미우면 영혼을 담은 그릇도 밉다. 그래야 죄 많은 놈을 철저히 미워할 수 있었다. 단죄를 하려면 그럴 수밖에 없었다. 그 몸에서 영혼을 꺼내어 혼내주는 방법을 찾지 못

했다. 그리고 그런 말장난에 놀아나고 싶지도 않았다. 죄지은 놈을 두고 무슨 헛소리인가. 좀 더 일찍 깨닫고 행동하지 못했던 것이 아쉬울 뿐이다.

그래도 경찰서에 전화는 했다. 자수는 아니다. 자수는 죄지은 자가 하는 것이다. 마지막인 걸 알기 때문에 했을 뿐이다. 이제 더 이상 세상일에 관여할 수 없게 되었다. A에게 한 짓을 밝히려고 한 전화도 아니다. 왕이 한 일을 밝히는 건 이제 세상 몫이다. 다른 일도 밝혀질 것이다. 세상이 자신이 한 일을 어떻게 받아들이고, 어떻게 변해갈지 왕은 모른다. 그냥 자기 몫의 일을 했고 떠나야 할 때가 되어 떠나는 것이다.

**

— 어떤 놈이 분명히 다리를 걸었어.

A가 확신에 차 있다는 건 알겠지만 무슨 말인지 알아듣기는 힘들다. 입술 밖으로 나온 말은 마치 팝콘처럼 사방으로 튀었다. 앞니 세 개가 완전히 사라지고 나머지도 빠질 위험에 처해 있다. 망가진 잇몸이 아물지 않아 새로 이를 심으려 해도 기다려야 한

다. 이리저리 찢어져 봉합한 입술도 부어있는 상태. 말을 다듬어 낼 구강구조가 이러니 발음이 온전할 리 없다. 더구나 숨이 들어가고 나가는 코도 제구실을 하기엔 아직 엉망이다. 완전히 주저앉은 코뼈를 세우는 수술은 복잡했고 회복도 더디다. 그래도 말하지 않고 있을 땐 자신의 처지를 잠시 잊어버리기도 한다. 음식을 먹을 때도 괴롭긴 하지만 얼마든지 다양한 유동식으로 견딜 만했다. 하지만 말을 하려고 하면, 엉망이 되어버린 구강구조를 너무나 생생하게 의식하게 된다. 답답해서 화가 치솟고 다리를 건 놈을 생각하지 않을 수 없다. 정강이를 걷어차인 기억이 이렇게 선명한데 목격자 하나 없다니. 그렇게 사람이 많이 지나다니는 길거리에서. 말이 되는 소린가.

A의 어눌한 말투를 아내는 제법 알아듣는다. 그래서 다른 사람과 이야기를 할 때는 통역사처럼 곁에 둔다. 기분이 괜찮을 땐 말을 할 수 있게 된 지금이 다행이다 싶기도 하다. 필담이나 문자로만 소통해야 할 때는 정말 미치는 줄 알았다. 말이 얼마나 즉각적이고 감정적인지 그 전엔 몰랐다. 문자로는 단순한 느낌도 제대로 싣기 힘들었다. 정말 죽은 말로 대화를 하는 기분이었다. 그렇게 유능하고 편리한 입을 두고 다른 도구를 이용해야 하

는 신세라니. 시중드는 아내에게 온갖 짜증을 부렸다. 짜증 내는 A를 아내는 묵묵히 받아주었다. 처음으로 아내가 고맙게 여겨졌다. 그런 감정도 처음이라 신기하기도 했다. 그렇다고 고맙다는 말을 하진 않았다. 그런 말을 하면 버릇만 버린다. 그냥 잠깐 그런 감정이 스쳤다는 것뿐이다.

동상이몽.

그랬다. 그건 A의 착각이었다. 아내는 묵묵히 받아준 것이 아니다. 어차피 A한테 마음을 닫은 지 오래다. 마음을 닫으면 억지로 받아줄 필요가 없어진다. 습관처럼 할 수 있게 된다. 그리고 몸종 같은 처지라 이런 일이 특별할 것도 없다.

불같은 성격과 독선. A를 한마디로 표현하면 그렇다. 아내 생각을 한 번도 고려한 적이 없는, 자기가 좋으면 좋은 줄 아는, 자신이 원하는 대로 상대에게 하는, 그러면서 모든 걸 해주었다고 믿는 사람이다. 누가 보기에도 번듯한 가정을 꾸리고 있다는 자부심은 A의 자부심일 뿐이다. A의 자부심이 타당할 수 있다는 것도 알고 있다. 좋은 집에 좋은 옷을 입고 좋은 차를 몰고 회원제 수영장을 다니는 아내를 부러워하는 사람도 분명히 있으니까. 아내도 한때 부러운 눈길을 즐기기도 했다. 하지만 언제까지 자신을 속일 수는 없었다. 사람은 모두 자기 세계를 가지고 있고, 아내도 사람이었고, 자신만의 세계를 지키고 싶었다. 무차별적인 A의 폭언과 독선으로부터.

차라리 어눌해서 잘 전달되지 않는 발음이 고마울 지경이다. 말끝마다 후렴처럼 따라붙었던 상스러운 욕은 그래도 나았다. A의 독설은 아무렇지도 않게 내뱉는 내용에서 진가를 발휘한다. 물론 그 내용은 A라는 인간의 가치관이기도 하다. 돈이면 모든 게 용서되고 돈이면 무엇이든 할 수 있다는.

생활비는 단정하게 꿇어앉아 두 손으로 공손하게 받는다. A는 그럴 때 가장 행복한 표정이다. 뒤를 잇는 일장 연설은 늘 같지만, A는 그렇게 생각하지 않는다. 자신이 늘 새로운 연설을 하는 줄 안다. 물론 단어 사용이 좀 달라질 수 있겠지만 내용은 별다를 게 없다. 인간 심리가 어떻고, 어떻게 하면 마음을 움직일 수 있고, 어쩌고. 그럴 때 A는 자신의 입담에 취한 모습이다. 그래봤자 사기 치는 이야기지만. 아, 맞다. A 앞에서 절대로 하지 말아야 할 말이 있다. '사기 친다.' 이 말은 꿈에서도 하면 안 된다. A는 직업에 자부심이 크다. 그의 직업은 투자상담가. 늘 자신을 그렇게 소개한다. 어찌 되었든 상담가이니 말을 잘해야 하는 건

맞다. 그 말에 도무지 진실성이 없다는 것을 정말 모르는지 아내도 잘 모를 뿐이다. 하여튼 A는 상담을 통해 투자를 이끌어낸다. 고객과 상담할 때는 욕도 섞지 않는다. 그것도 투자를 받아낼 때까지만이다. 그다음엔 장담할 수 없다. A는 욕도 입담이라 생각하는지 모르겠다. 일이 잘 풀리지 않을 때나 투자를 끝낸 고객과 하는 통화를 듣고 있으면 세상에 그런 욕도 있나 싶을 정도다. 연설 내용은 늘 같아도 욕은 늘 새롭다. 그런 욕을 하며 벌어들이는 돈으로 살고 있는 자신의 처지가 끔찍할 때도 많다. 사고 이후로 그런 유창한 욕은 듣지 않는다. 그래서 하루종일 시중을 들고 있어도 정신이 정화되는 느낌이다.

친정 떨거지.
어머니는 죽을 때까지 사위한테 친정 떨거지였다. 남동생은 지금도 떨거지로 산다. 변변한 직업 없이 사는 남동생이 원망스러울 때도 있지만 그건 잠깐이다.
좋은 집안도, 학벌도, 특별한 재주도 없는 그녀가 지나왔던 고단했던 청춘을 너무 잘 알기 때문이다. 하루종일 일하고도 옥탑방을 떠날 수 없었다. 그때를 생각하면 대궐 같은 집에 사는 것만으로도 고마워해야 할까.

A는 돈으로 미모를 매수했다. 그게 정확한 표현이다. 대놓고 말하진 않았지만, 태도는 그렇게 말하고 있었다. 오직 물량 공세로 아내의 환심을 사려 했다. 아내는 돈이 얼마나 무서운지 아는 사람이었다. 돈이 아니었다면 A의 프러포즈를 받아들였을까. 그래도 기대는 있었다. 노력하면 마음을 얻을 수 있지 않을까 하는. 자신도 믿지 못하는 기대였다는 걸 아내도 알았다. 그래도 그런 기대조차 없이 시작할 수는 없었는지 모르겠다. 진심을 다하면 상대도 변하리라는 억지 희망으로, 뻔히 예상되는 결혼생활에 대한 불안함을 덮었다. 사랑하고 사랑받으며 살고 싶었으니까. 엄마처럼 살기는 정말 싫었으니까.

엄마와 다르게 사는 데는 성공했다. 겉으로는 분명히. 좋은 집에, 좋은 옷에, 좋은 음식을 먹는다. 그렇지만 자꾸 엄마와 같아지는 모습을 보고 놀란다. 언젠가부터 아내는 자신이 웃지 않는다는 걸 알았다. 외출하려고 화장대 앞에 앉았던 그 날, 무표정한 얼굴로 화장을 하고 있는 자신을 발견했다. 불행한 여자. 바로 돌아가신 엄마의 표정이었다. 아버지를 원망하던 엄마가 거기에 있었다. 평생을 밖으로 떠도는 아버지한테 목매달던 엄마의 그 얼굴이 너무 싫었다. 왜 끊어버리지 못할까. 이미 다른 여자의 남자가 된 아버지를 잊어버리고 살면 되지 않는가. 그런 사람 때문에 왜 자신의 인생을 망칠까.

그렇게 싫어했던 엄마의 어두운 얼굴을 마주한 그 날.

아내는 A한테 마음을 닫아야겠다고 결심했다.

결혼하고 첫 아이를 가졌을 때부터 A한테 다른 여자가 있었다. 아니 다른 여자가 있다는 걸 그때 알았다고 해야겠다. 나중에야 알았다. 이미 결혼 전부터 알고 지내던 여자였다는 걸. 처음엔 미안한 척이라도 했다. 스스로 각서까지 쓰면서 다시는 만나지 않겠노라 약속했다. 그것도 A의 수법이라는 걸 지금은 안다. 여자 문제는 고치지 못할 버릇이란 것도 안다. 이런 남자를 떨쳐버리고 나가지 못하는 자신을 원망하는 편이 차라리 낫다. 가끔 생각한다. 지금 누리고 있는 모든 것을 버리고 살 수 있을까.

병원에 있는 동안에도 A는 계속 같은 말을 했다. 분명히 누군가 자신의 다리를 걸었다는 것이다. 하지만 CCTV 어디에도 그런 사람은 없었다. A가 넘어지는 장면에 장발 남자가 지나가긴 했다. 하지만 그 사람은 A가 넘어지는 동시에 지나갔으니 발을 걸었다고 할 수 없었다. 이상한 점이 있었다면, 장발의 그 남자가 그 후로 어느 CCTV에도 나타나지 않았다는 것. 길을 따라간 흔적도 버스나 택시를 탄 흔적도 찾을 수 없었다. 그렇다고 그를 범인으로 특정하고 수사를 하기엔 무리가 있었다. 범행 장면이 포착되지도 않았고 신원도 확인할 수 없었기 때문이었다. A는 병원에서도, 퇴원해서도 같은 소리를 했지만, 없는 사람을 잡을 수도 수사할 수도 없는 일이었다.

아무리 돈이 많아도 안 되는 게 있는 모양이다.

그나저나 A의 청산유수는 이제 영영 찾을 수 없게 된 것일까.

의사는 차차 나아질 거라며 지켜보자 하지만 A의 말을 듣고 있는 사람들의 눈빛은 회의적이다. 아내의 귀가 A의 발음에 적응해가는 것이 그나마 다행이라 해야 할지. 그래서 자꾸 아내의 용도가 커지는 요즘이다. 어쩌면 아내 눈치를 조금은 보고 있는지도 모르겠다. 아내가 없으면 소통도 어렵고 생활도 불편하다. 이제 누구랑 말을 섞기도 힘들고 더구나 투자자를 솔깃하게 할 달변도 사라졌다. A는 이제 무엇으로 살아가야 할까.

집에 있는 시간이 길어지고 생각하는 시간도 길어진다.

그 생각 속에 한 남자가 자꾸 끼어든다.

숲속 오두막의 그 남자가.

A는 머리를 흔들어 남자를 쫓아내며 아내를 부른다.

그런데 호칭이 바뀌었다.

— 여보.

물론 나오는 소리는 '어요'로 들린다.

'야'가 언제부터 '여보'가 된 걸까.

아내는 호칭의 변화를 어떻게 받아들일까.

이제 사랑하고 사랑받는 결혼생활을 기대해도 되는 걸까.

＊＊＊

저무는 가로수길을 걸으며 왕은 낮은 소리로 노래를 부른다. 흥얼거리는 소리라 무슨 노래인지 알 수 없지만, 곡조는 절실한 기도처럼 귀를 파고든다. 어쩌면 정말 기도를 하고 있는지도 모르겠다.

눈물이 나네,

눈물이 나를 적시네.

한숨이 나네.

한숨이 나를 떠미네.

바람 부는 이 저녁,

어디로 가야 하나.

뜨거운 정으로 밀려오는 달빛,

어얼싸 취해서.

사랑하는 이와 단 하루 살아도,

어야 좋겠네.

보아주는 이 없어도,

고운 꽃이여.

나는 나는 죽어서,

꽃이 되고 싶어라.[1]

---

1) 조용필 '꽃이 되고 싶어라'

길 걷던 남자 원인 미상 물체에 걸려 넘어져 큰 부상
인근 CCTV와 지나던 차량 블랙박스 조사에도 원인 못 찾아
목격자 제보 기다려

5월 18일 오후 7시경 신비대로를 걷던 A씨(47세, 사업)가 어딘가에 걸려 넘어져 큰 부상을 입었다. 신비대로에 있는 자신의 사무실에서 나와 신비 백화점 방향으로 100여 미터쯤 걸어가던 A씨는 플라타너스 가로수 아래에서 갑자기 넘어졌다. 그 길은 인도 포장이 잘 되어있고 아무런 장애물도 없었다. 더구나 자주 지나다니는 익숙한 길이기도 했다.

A씨는 넘어진 충격으로 잠시 정신을 잃었고 행인의 신고로 병원으로 이송되었다. A씨는 코뼈가 내려앉고 치아와 입술을 크게 다쳐 당분간 입원 치료가 필요한 상태다. 이 사건은 A씨 아내 신고로 사건이 접수되었으며 현재 경찰은 목격자를 찾고 있다.

사건을 접수한 경찰은 인근에 설치된 CCTV를 확보, 조사했고 A씨가 넘어지는 장면이 찍힌 자료를 확인했다. 하지만 A씨가 넘어지는 장면엔 지나가는 사람이 있을 뿐이었다. 누가 봐도 다리를 거는 어떤 동작도 없었다. 그러나 A씨는 완강하게 가해자가 있었다고 주장한다. 누군가 자신의 다리를 걸었다는 것이다. 현재 A씨는 입술과 치아를 크게 다쳐 말을 할 수 없어 필담으로 조사에 응하고 있어 자세한 사정을 알기에 어려움이 많다. 그래서 제대로 말을 할 수 있을 때까지 조사가 지지부진할 수밖에 없을 듯하다. 하지만 경찰은 가해자에 대한 A씨의 진술은 착각이 아닌가 조심스럽게 추측하고 있다.

김방울 기자

49일

노랫소리가 가까워져 온다.

그 소리에 화답하듯 숲이 떠들썩하다.

흙과 돌과 풀과 나무뿌리가 얽힌 오솔길 앞에 왕이 멈춰 선다.

– 안녕, 나 돌아왔어.

바람이 일고 나뭇가지가 흔들린다. 아까시나무를 시작으로 층층나무, 물푸레나무, 백양나무, 모감주나무, 참나무들이 일제히 춤을 춘다. 5월의 숲은 온갖 향기로 숨이 막힐 지경이다. 아찔한 분꽃나무 향기에, 눈까지 맑아지는 아까시나무꽃 향기, 계수나무가 내뿜는 달콤한 향까지.

왕이 숲길로 들어선다.

숲은 왕이 한 일을 알고 있다. 알고 있는 정도가 아니라 같은 편을 먹은 모양이다. 왕은 향기 속을 천천히 걸으며 숲을 듣는다. 나무와 풀과 새들의 이야기를.

[놈이 다시는 말을 못 할 거야.]

하얀 꽃으로 치장한 때죽나무가 떠들어댄다. 떠드는 서슬에 땅을 향해 조롱조롱 피어있는 꽃이 바르르 떨린다. 때죽나무 꽃은 하늘이 아니라 땅을 바라고 있다. 처음부터 자신이 떨어질 땅에 더 마음을 둔 듯하다. 그래서 낙화도 극적이다. 다섯 장 꽃잎을 활짝 펼친 꽃이 송이째 툭 떨어진다. 별처럼 땅을 덮고 있는 하얀 꽃송이들. 땅에 떨어진 꽃송이는 가지에 달려 있을 때보다 언제나 커 보인다. 왕은 하얗게 깔린 꽃 앞에 한참 머문다. 이윽고 눈을 들고 손을 뻗어 꽃잎이 아직 벌어지지 않은 꽃송이를 톡톡 친다. 단단하고 작은 하얀 꽃망울이 눈물방울처럼 달랑달랑 흔들린다. 무슨 소리가 나는 듯도 하다. 왕도 귀를 기울이듯 잠시 서 있다 발길을 돌린다.

[그런 놈은 입을 열면 안 돼.]

산뜻한 새잎으로 단장한 감태나무가 때죽나무 말을 받는다. 감

210

태나무는 겨우 내내 마른 잎을 달고 있다 새순을 내면서 낡은 잎을 놓아주었다. 말라서 버석거리는 잎을 왜 놓아주지 못하냐고 하겠지만, 그래서 겨울 숲이 그나마 덜 쓸쓸했는지도 모른다. 비록 마른 잎이나마 풍성하게 남아 있어 작은 새들이 즐겨 날아들고 바람이 지나갈 때 스스스 장단도 맞출 수 있었다.

감태나무 말이 끝나기 무섭게 아까시나무꽃이 우수수 떨어진다. 꽃꿀을 실컷 먹은 직박구리가 꽃가지 사이를 기운차게 누비며 장난을 쳤기 때문이다. 왕이 고개를 들어 하늘을 올려다본다. 키 큰 나무들 사이로 엷은 빛이 은은하다. 어깨까지 흘러내리는 반백의 긴 머리가 낮빛과 하나로 어우러진다. 하지만 자세히 보면 빛깔만 어울릴 뿐이다. 희끗희끗한 머리칼은 노인이지만 얼굴은 젊은이다. 깊은 주름도 없고 턱선도 단정하다. 넓고 반듯한 이마에 우뚝한 콧날, 기름한 눈매. 누가 봐도 잘생겼다고 할만한 얼굴이다. 그런데 인물이 눈에 들어오지 않는다. 왜 그럴까. 생기가 없긴 하다. 젊음의 생기가 도무지 느껴지지 않는다. 어깨에도 걸음걸이에도 생기가 없다. 멀리서 보면 노인이라 착각할 정도다.

남은 생명이 얼마 남지 않은 듯한,

삶을 끝내고 떠나가는 모습이 저러할까, 싶은,

생기 없는 왕이, 생기발랄한 숲을 걸어간다.

숲길이 끝나는 곳에 오두막이 보인다.

숲에 스미다

산딸나무 가지에 앉은 곤줄박이가 삐삐 울어댄다.

오두막 앞 의자에 앉은 왕이 소리 나는 쪽을 보며 손을 앞으로 내민다. 익숙한 동작이다. 기다렸다는 듯 곤줄박이가 왕의 손에 내려앉는다. 곤줄박이 또한 익숙해 보인다. 하지만 착지 실패. 새가 착지 실패를? 믿기 어렵지만 사실이다. 곤줄박이는 왕의 손에 내려앉지 못한다. 내민 손을 지나쳐 땅으로 곤두박질치기 직전에 겨우 날아오른다. 곤줄박이는 다시 산딸나무 가지에 앉아 분하다는 듯 울어 댄다. 왕은 여전히 손을 내민 채 새를 바라본다. 희미한 하늘빛이 왕의 얼굴을 비춘다. 낮빛이 엷은 빛 속에

녹아들 듯 창백하다. 그런데 얼굴 뒤에 가려져 있어야 할 오두막이 그대로 보인다. 아니 얼굴뿐만이 아니다. 몸이 오두막을 전혀 가리지 못하고 있다. 마치 옅은 연기로 만들어진 형체처럼 뒤에 있는 사물이 비친다.

곤줄박이가 다시 손으로 내려앉는다.

착지 실패가 아니었다. 분명히 정확하게 손으로 내려앉았는데 통과한 것이다. 손은 단단한 형체가 아니다. 진짜 연기처럼. 또 다시 화들짝 날아오른 곤줄박이가 산딸나무를 지나쳐 높은 오동나무로 날아오른다. 그리고 온 숲이 울리도록 크게 울어댄다.

곤줄박이 울음을 시작으로 숲속 새들이 일제히 운다.

해가 넘어가고 희미한 빛만 남은 숲. 잠자리에 깃들어야 할 새들의 울음이 숲을 채운다. 울음소리가 높아질수록 왕의 몸은 희미해지다 이윽고 사라진다. 바람이 일고 나무들이 춤을 춘다. 마치 오두막을 향해 손을 흔드는 것처럼.

빈 의자.

왕이 앉아 있던 의자엔 아무도 없다.

바람이,

열린 오두막 안으로 들이친다.

새들의 울음소리가,

그 뒤를 따른다.

오두막 야전 침대에,

미라처럼 된 왕이 누워있다.

숲속 오두막에 미라가 된 남자 시신 발견

제보자 신고로 알려져

지난 5월 18일 오후 7시경 신비 경찰서에 신고가 들어왔다. 산 1 번지 숲에 사람이 죽어있다는 제보였다. 제보자는 시신이 있다는 장소를 밝히고, 발견한 경위나 다른 일체의 질문에는 답하지 않고 전화를 끊었다. 경찰은 진위 여부를 확인하기 위해 다음날 오전 9시경 현장에 출동했다. 제보자가 말한 장소는 산중이고 이미 어둠이 깔려 당장엔 수색이 어렵다고 판단했기 때문이었다.

제보자가 말한 위치 정보는 정확해서 찾는 데 어려움은 없었지만 차가 진입할 수 없어 걸어서 접근해야 했다. 하지만 막상 도착했을 땐 허위 신고가 아닌가 의심되었다. 제보자가 말한 오두막이 풀과 나무가 우거져 식별이 힘들었기 때문이다. 무심히 지나친다면 집이라는 것도 모를 정도였다. 주변을 한참 탐색한 뒤에야 위장막으로 가려놓은 듯한 오두막을 찾을 수 있었다. 얽힌 덩굴과 풀과 나뭇가지를 베어내고 마침내 오두막 안으로 들어갈 수 있었고, 제보자가 말한 시신을 발견했다. 검은색 티셔츠와 바지 차림의 시신은 야전 침대에 누운 채였으며 미라 상태였다. 신원을 확인하기 위해 옷 수색을 했으나 아무것도 발견되지 않았고 야전 침대 아래에 신문 스크랩 수십 장이 놓여 있었다. 신원이나 사망 원인, 사망 시간을 밝히기 위해선 검시나 부검이 필요하겠지만 눈으로 봐도 이미 상당히 여러 날이 지난 것으로 보였다.

시신 곁에 남은 유일한 자료라 할 수 있는 스크랩은 모두 최근, 약 50일 안에 일어난 사건 사고 뉴스였다. 이 뉴스들이 죽은 남자와 어떠한 관련이 있는지 아직은 밝혀진 것이 없지만 남자의 사망 날짜가 나오면 관련 여부가 좀 더 분명해질 것으로 보인다. 남자가 적어도 50일 전에 사망했다면 사건과 관련이 없는 것으로 판명이 나겠지만 또 다른 의문이 남는다. 이 스크랩이 왜 시신 곁에 있었는지, 누군가 갖다 놓았다면 도대체 누가 어떻게 위장막 같은 수풀을, 걸어낸 흔적도 없이 들어올 수 있었는지, 그게 아니라면 죽은 남자의 소행인지, 그렇다면 도대체 왜 죽은 남자가 이 신문들을 모은 것인지. 그리고 이미 죽은 남자가 어떻게 모을 수 있었던 것인지.

기이한 주검에 의견이 분분한 가운데, 한 경찰은, 농담처럼 이런 말을 했다.

"귀신이 사람을 폭행할 수는 없잖아요. 그런데 이건 귀신이 사람을 폭행한 증거라 할 수밖에 없어요. 도저히 일어날 수 없는 일이지만 말입니다. 하지만 온갖 사건 사고를 마주하다 보면 귀신이 사람 일에 간섭을 좀 했으면 싶을 때도 있거든요. 법으로도 어떻게 할 수 없는 범죄자도 분명 있으니까요."

김사랑 기자

에필로그

숲은 동이 트기 전부터 깨어나기 시작했다.

나무는 기지개를 켜고 새는 날개를 털며 지저귄다.

그런데 참 이상하다.

새 울음소리가 유별나다. 짝을 찾을 때나 내는 고운 소리다.

풀과 나뭇잎은 또 어떤가. 왜 오두막을 향해 흔들리는가.

나무와 풀이 팔랑거리는 소리가 숲을 가득 채운다.

오두막은,

새들의 지저귐과 숲의 노래에 감싸인다.

왕은,

소리가 들리지만 일어나지 못한다.

숲이 인사를 하고 있다는 걸 안다.

정말 떠날 때가 되었다는 것도.

벅찬 49일이었다.

작가의 말

　제 이야기를 끝까지 읽어주셔서 고맙습니다. 아니, '작가의 말'
부터 읽는 독자도 계시니 아직 이야기를 모르는 분도 계시겠군
요. 그런 분께도 미리 감사드립니다. 이제 곧 읽어주실 거니까
요. 저는 칭찬을 하든 비난을 하든 제 글을 읽는 모든 분께 항상
고마움을 느낍니다. 소설은, 제가 좋아서 제멋대로 세상에 내어
놓은 저의 세계관일 뿐입니다. 그런 개인의 글에 관심을 가지고
귀한 시간을 내어 주신 분들이니까요. 그렇게 함께 한 분들의 비
난은 관심의 다른 표현이라 생각합니다. 그건 비난이 아니라 비
판이라 해야겠지요. 그리고 비판은 칭찬과 함께 따라오는 동전의

양면 같은 것이니까요.

하지만 의도를 오해하는 경우도 많습니다. 오해가 결코 이해가 되긴 힘들다지요. 그래도 손 놓고 오해가 커지도록 두는 것도 작가의 도리는 아닌 것 같습니다. 글을 세상에 내놓은 자의 책임 같은 것도 있으니까요. 소설엔 등장인물이 있고 그 사람들도 생활인입니다. 그러니 세상 사람들이 사는 방식을 완전히 벗어나진 못하지요. 그들도 결혼을 하고 직업을 가지고 자식을 키우며 살아갑니다. 결국은 어떤 생각을 가지고 어떤 일을 하며 어떻게 살아가는가에 대한 이야기입니다. 살아가는 방식이나 가치관을 표현하는 작업은 그렇다 쳐도 직업을 입히는 작업이 참 어렵습니다. 직접 해보지 않은 일에 대한 묘사는 늘 어렵고 조심스럽습니다. 조사를 한다 해도 피상적일 수밖에 없고요. 이 이야기에도 여러 직업이 등장합니다. 하지만 어디까지나 이야기를 이끌어 가기 위한 방편으로 선택된 것일 뿐 특별한 선호도가 작용한 건 아닙니다. 더구나 개인의 재능과 인격과는 아무런 상관관계가 없습니다. 어떤 직업군이든 그 속엔 사람이 있고 사람이 일을 합니다. 집단이 개인의 인격을 대신할 수는 없습니다. 그리고 인격이 될 수도 없습니다. 오해가 생긴다면, 그저 직업의 세계에 대한 저의 좁은 식견이 문제가 될 뿐입니다.

변명이 길었습니다.

돈이 권력이 되는 세상입니다. 권력조차 돈이 배경이 되어주지 않으면 힘을 잃습니다. 사회 엘리트도 돈에 놀아나고 나라의 권력자도 돈이 만드는 것 같습니다. 공평한 세상을 위해 법을 만들었겠지요. 하지만 법조차 돈에서 자유롭지 못합니다. 그런 법을 운용하는 것도 사람이니까요. 그리고 사람은, 갈수록 힘이 커지는 돈에 조종당하는지도 모르겠습니다.

돈으로 언론을 조종하고, 돈으로 여론을 조성하고, 돈으로 사람을 흔듭니다. 그 말은, 돈이 없으면, 언론의 죄를 입고, 여론의 매를 맞고, 사람에 배신당할 수도 있다는 말이지요. 참 분통이 터지는 일입니다. 돈이 그렇게 더럽게 쓰이는 걸 보면서도, 돈이 있다면 그런 쓰레기들을 돈으로 처단했으면 하는 생각을 하게 됩니다. 물론 저는 그런 돈도 없고 능력도 없습니다. 그러니 이렇게 방안에 앉아서 어깨와 엉덩이를 혹사시키고 있었겠지요. 어떻게 해볼 길 없는 많은 일이 있었습니다. 억울한 누명에 죽고, 일을 잃고, 가정이 파탄 난 사람들. 두 눈 뜨고 그런 일을 보고만 있어야 한다는 무력감을 떨쳐버리기 위한 방법이 이것밖에 없었습니다. 귀신은 뭐하나, 저런 놈 안 잡아가고, 바로 그런 심정이라고 할까요. 정말 그런 일이 일어나면 좋겠다는 간절한 마음이 만들어낸 망상이라고 하겠습니다. 그래도 쓰는 동안 스스로 위로받는 시간이었습니다. 같은 위로를 받는 독자가 한 분이라도 있다면, 성공이라 생각합니다.

조정희